JP BOUZAC

Mein Kalter Krieg

In Erinnerung an lauter Pazifisten

Gaston Renault, meinen Großvater, Vater meines Vaters
10 April 1887, Montmorillon - 29 August 1936, Poitiers

Ursula Margarete Rummel, meine Schwiegermutter
20 April 1930, Berlin - 7 August 2002, Berlin

Louis-Clément Renault, meinen Vater
24 August 1925, Poitiers - 22 März 2015, Bourg-Charente

JP Bouzac

Mein Kalter Krieg

Ein *Charentais* an der Berliner Mauer

© 2021 JP Bouzac (Fonduja - Les éditions virtuelles du fond du jardin), 2. korrigierte Auflage, 13. August 2021

Edition: Herstellung und Verlag:

BoD – Books on Demand, Norderstedt

ISBN: 9783753472898

Preis: 9.99 €

Coverfotos:

© JP Bouzac (1) Selbstbildnis als Soldat im Jahr 1986, Acrylfarben auf Leinwand (2020)

© JP Bouzac (4) Fotograf unbekannt

Fotos und Bilder im Innenteil: © JP Bouzac (wenn nichts anders steht)

Kapitel „Bei den Amis": Fotos des Deutsch-Amerikanischen Volksfestes, Sommer 1979, © Christian Diedrich

INHALTSVERZEICHNIS

„Melde gehorsamst, Herr Oberlaitnant, daß ich mir nichts ausdenk, ich schöpf alles aus meiner reichen Lebenserfahrung".

Aus „Die Abenteuer des braven Soldaten Schwejk in Bildern", Josef Lada, 1961, nach Jaroslav Hašek

Vorwort zur deutschen Ausgabe

Endlich geschafft! Kaum sind 32 Jahre nach dem Mauerfall vergangen, schon habe ich meine Erinnerungen an diese Zeit und an meine Erlebnisse als Soldat der französischen Schutzmacht ins Deutsche übersetzt. Die französische Fassung ist 2013 erschienen. Das Original wurde immerhin rechtzeitig vor der 30. Gedenkfeier im Sommer 2019 nach gründlicher Prüfung und Aktualisierung inklusive eigener Bilder aus und zu dieser Epoche neu verlegt.

Die deutsche Fassung meines Buches wird es mir endlich ermöglichen, mit meinen deutschen Mitbürgern ohne Französisch-Kenntnisse - einige gibt es -, sei es Verwandte, Freunde, Kollegen, Nachbarn oder Unbekannte über diesen für uns alle noch so prägenden Zeitabschnitt zu sprechen.

Das ist mir wichtig, umso mehr, weil sich die hässliche Fratze des totgesagten Kalten Krieges noch immer in allen Facetten am Horizont zeigt.

Zum Schluss möchte ich einen empfindlichen Punkt klären: Die folgende Erzählung habe ich so geschrieben, wie damals meine Vorgesetzten von mir erwartet hatten, wie ich zu denken und zu fühlen habe. Somit konnte ich die besondere Stimmung dieser Zeit am besten wiedergeben, mit viel Ironie, dafür ohne jede Rücksicht auf politische Korrektheit. Es war kalter Krieg, ich wurde, wie alle Beteiligten, indoktriniert: Der ehrenvolle Kampf der „freien Welt" gegen die Diktatur. Persönlich hatte ich noch nie etwas gegen einzelne Ost-Deutsche, sowjetische Soldaten oder sonst jemanden.

Wenn ich schon gewisse Vorbehalte hatte, dann gegen das Militär an sich. Auch wenn sich mein Gesamtbild diesbezüglich durch diese Erfahrung nicht grundsätzlich geändert hat, war ich glücklich genug, einige interessante, kultivierte und anständige Berufssoldaten kennenzulernen.

Kurt Tucholsky (1918), 2020

Im Frühjahr 1987 erhielt ich zum Geburtstag (Danke, Thomas!) die Erzählung „Rheinsberg" von Kurt Tucholsky, der auf Anhieb zu einem meiner Lieblingsautoren und -Berliner wurde. Nicht zufällig werden wir ihn später wieder treffen.

Noch ein Buch über die Mauer?

Schneeböen fegen durch die Straße und verwandeln sie in einen gigantischen Windkanal ohne Anfang, ohne Ende. Flocken fliegen wild herum, peitschen gegen die Fensterscheiben meines Büros, um eine Sekunde später am Schaufenster des Sushi-Ladens auf der anderen Straßenseite abzustürzen. Im eisigen Sturm erahnt man kaum die Gebäude. Ich glaube die Umrisse eines Geisterschiffes zu erkennen, das die Chance für einen anonymen Stadtbesuch nutzt. Unerwartet kommt die Sonne durch. Sie blendet. Die grellen Farben des Aldo-Rossi-Blocks tun den Augen weh. Im Vordergrund fallen weiterhin jetzt in Zeitlupe dicke, funkelnde Flocken in einer kunstvollen Unschärfe wie bei Wong Kar-Wai. Wurde je ein Schneebogen gesichtet?

Ich stehe auf, verlasse meinen PC und nähere mich dem Fenster. Die wenigen Fußgänger schleichen an den Hauswänden gedrängt entlang, schimpfend und mit eingezogenem Kopf. Ein rabenschwarzer Aussichtsbus (war er der Fliegende Holländer?) mit einer Handvoll eingeschlafener Gäste an Bord fährt im Schritttempo vorbei. Touristen bei diesem Wetter? Ich hatte die Narbe auf der Straße genau unter meinem Fenster vergessen. Zwei Linien aus glänzenden Granit-Kopfsteinpflaster, im Bitumen eingesunken, markieren die Stelle der verschwundenen Mauer, der *Berliner Mauer 1961 - 1989*, wie unzählige Metallplättchen kilometerlang auf dem Boden neugierigen Blicken mitteilen.

Seit Kurzem arbeite ich in der Zimmerstraße, der Straße, die die Friedrichstraße an dem Ort trifft, der unter der martialischen Bezeichnung *Checkpoint Charlie* bekannt ist. Es bedeutet nichts anderes als Kontrollpunkt C. C, weil es seit der Westgrenze der dritte war. Die anderen hießen: A = Alpha, B = Bravo.

Die Friedrichstraße, das war auch das Zentrum der goldenen 1920er-Jahre. Nach dem Zweiten Weltkrieg befand sich das Viertel an vorderster Front des zum Glück friedlich gebliebenen Konflikts zwischen Amerikanern und Sowjets. Oder Russen wie man sie hier in Berlin bis heute nennt, auch viele Jahre nach der offiziellen Beendigung des Kalten Krieges, nach dem Fall der Berliner Mauer, Symbol einer für immer entschwundenen Epoche, um Platz zu machen für die nicht wesentlich lustigere Ära der Weltfinanzkrise und der globalen Klimaerwärmung. Die verrücke Zeit der goldenen 1920er-Jahre *(in Französisch „Verrückte Jahre")* habe ich natürlich nicht gekannt. Wobei die meisten Jahre, die ich bisher erlebt habe, ob in Berlin oder andernorts, mir oft genug ganz schön meschugge vorgekommen sind. Aber was den Kalten Krieg betrifft, da können Sie sich auf mich verlassen: Ich war dabei, ganz vorne, hier in Berlin, am Fuß der Mauer.

Ich kam an einem eisigen und sonnigen Wintermorgen an, drei Jahre vor der Wende, dem politisch korrekten Namen des großen Umbruchs von 1989. Als Franzose aus dem Südwesten war ich gar nicht dazu prädestiniert eines Tages in Uniform die ehemalige Reichshauptstadt zu betreten. Einen Monat lang habe ich Rambo im Schnee gespielt, kurz bevor ich zum interkulturellen Drückeberger für siebzehn Monate erkoren wurde. Eine lange Zeit, die letztendlich wie im Flug, wie ein frühlingshafter Schneesturm vergangen ist ...

Wenn ich heute meine Tastatur traktiere, dann nur, weil ich nicht akzeptieren kann, dass die Geschichte so schnell unter den Teppich gekehrt wurde, unter dem bereits der *Cro-Magnon-Mensch* und *September Eleven* durcheinanderliegen.

Ich hatte das Glück weder den Schrecken des Ersten noch die Monstrosität des Zweiten Weltkrieges zu erleben. Der *Kalte Krieg* - und das ist gut so! - war zumindest für uns Europäer ein Krieg zweiter Klasse. Im Nachhinein ist es durchaus erlaubt, zu erschrecken, wenn man an die vielen Fälle denkt, bei denen diese Lage beinahe und ohne Vorwarnung in die Tiefe des nächsten Konfliktes abgerutscht wäre. Umso mehr als alles zusammengehört: kein Kalter Krieg ohne Zweiten und Ersten Weltkrieg. Wer diesen Gedanken weiterverfolgt wird auch ohne große Fantasie bald mitten im gallischen Krieg stehen! Außerdem gilt: Wer sich für die Zukunft interessiert kann nie zu viel über die Vergangenheit wissen.

Berichte von Protagonisten aller am Zweiten Weltkrieg Beteiligten sind keine Mangelware. Dagegen sind die meisten Opfer, die überlebt haben, stumm geblieben. Mehr als siebzig Jahre nach dem Kriegsende vergeht keine Woche, ohne dass ein neuer Film oder Musical diese Periode behandelt. In diesen Werken, deren Hauptziel darin besteht, das breiteste Publikum zu unterhalten und damit den Produzenten zu bereichern ist alles möglich. Hitler als humorvoller Homosexueller, siegreiche Juden, die Skalpe ihrer Opfer sammeln. Es fällt mir schwer, irgendeinen Nutzen in diesen abgedrehten Fiktionen zu entdecken.

Ich belasse es vielmehr bei autobiografischen Erzählungen, ob es sich dabei um weltberühmte Texte wie die des einzigartigen *Primo Levi*, um die ausführlichen persönlichen Notizen meines Vaters[1], oder um der knappe Bericht meines Berliner Schwiegervaters handelt[2]. Und dies auch im Fall einer anonymen Veröffentlichung, wie sie einige bevorzugt haben, um das zu erzählen, was andere lieber verschweigen.

Es wird behauptet, die Geschichte würde sich immer wiederholen. Seit dem Mauerfall werden Informationen über den Kalten Krieg im Allgemeinen und über die DDR-Geschichte im Besonderen, genau wie oben für frühere Zeiten beschrieben, verarbeitet. Dabei kommen die Alliierten selten vor. Mehr habe ich nicht gebraucht, um meine Erinnerungen aufs Papier zu bringen für alle, die nach dem 9. November 2019 noch nicht genug davon haben. Folgende Texte habe ich zwischen Februar 1986 und 2021 verfasst. Bis auf *„Liebe Marianne"* sind es keine zeitgenössischen Texte. Tut mir leid, aber dafür fehlte mir die Zeit! Es ist auch kein Tagebuch, sondern vielmehr ein Mosaik aus meist sehr subjektiven, manchmal lustigen Eindrücken. Einige Kapitel wurden bereits an anderer Stelle veröffentlicht. Das führt zu Wiederholungen, ohne dass der Anspruch auf Vollständigkeit besteht. Mir liegt es fern meine Sicht der Dinge durchzusetzen. Im Gegenteil, ich freue mich sehr über jeden Austausch, auch den kontroversen.

---

1 *„Comme une poussière dans la tourmente", LC Renault, lulu, 2016.*
2 *„Böhmische Silberhochzeit", BoD, 2019.*

Nach Berlin[3]

Steine, Mineralien und Fossilien haben mich schon immer fasziniert. Als Kleinkind habe ich wie alle anderen auch Steinchen gesammelt und am liebsten heimlich gelutscht. Nur, dass es bei mir zumindest mit dem Sammeln noch lange angehalten hat.

Recht kurze Zeit nach dem Studienanfang in Poitiers, natürlich in Geowissenschaften, hatte ich es geschafft, einen Jugendtraum zu verwirklichen: Ich hatte eine Zivildienststelle als Geologe am anderen Ende der Welt ergattert. Im Norden Pakistans sollte ich versuchen, einige winzige Geheimnisse der in der Nähe sich erhebenden Berge zu lüften und darüber zu promovieren. Auf Staatskosten!

Bereits im Sommer 1983 war ich auf der indischen Seite des Ladakh-Himalajas gewesen, um mich einfach ein wenig umzuschauen und gleichzeitig die dünne Luft zu schnuppern. Ein unvergessliches Erlebnis. In über 4000 Meter Höhe auf einen fossilen Strand zu stoßen, mit Rippelmarken, Fußspuren von Wattvögeln, ja sogar Regentropfenaushöhlungen im Sand. Das vergisst man nicht so schnell wieder. Ein versteinerter Strand als Zeuge des Aufpralls der indischen Masse auf die eurasische Platte vor ca. 45 Millionen Jahren. Bei dieser gewaltigen Plattenkollision wurde das höchste Gebirge der Welt geboren. Und es wächst weiter!

Der Vorgänger meines Vorgängers an der Universität in *Peshawar* hatte, um sein Leben bangend, bereits fünfzehn Tage nach seiner Ankunft das Land fluchtartig verlassen. Nach diesem schlimmen diplomatischen Affront und dank der großzügigen Entschädigung des französischen Staates war das Institut, in dem ich arbeiten sollte, sehr gut ausgestattet, und zwar viel besser als dasjenige, an dem ich studierte. Währenddessen büßte der *Zivildienst*-Deserteur seine Strafe in einem *Militärgefängnis* ab.

---

3 *Neue Fassung nach einem Auszug aus dem gleichnamigen Kapitel, „20 Jahre in Preußen", Rhombos Verlag, Berlin, 2007.*

Meinen Vorgänger traf es noch härter. Er wurde nur einige Monate vor meiner geplanten Anreise auf der Straße von Extremisten bestialisch ermordet und seine Frau dabei schwer verletzt. Soweit ich weiß, sah man darin keinen Grund, den desertierten Vor-Vorgänger und angeblichen Hasenfuß aus der Gefangenschaft zu entlassen.

Die Stelle - „meine Stelle" - wurde dagegen sofort abgeschafft, bevor ich sie antreten konnte. Himalaja ade! Wir sollten uns wiedersehen, er und ich, viel später, in Nepal, aber das ist eine ganz andere Geschichte.

Kurz darauf teilte mir die Militärbehörde mit, dass ich von nun an und bis auf Weiteres in eine Offiziersschule der Militäreisenbahn rund hundert Kilometer vom Wohnort meiner Eltern versetzt werden würde. Ich hatte alles getan, um eine sinnvolle Zivildienststelle in der großen weiten Welt zu erhalten, doch ich fand mich in der Rolle einer wiederkäuenden Kuh wieder, die vorbeifahrende Züge zählte; einer Kuh in Kakiuniform, wohlgemerkt.

Ich mobilisierte Freunde und Bekannte, allen voran meine Professoren. Wozu sonst war meine ganze Schulzeit als Streber nützlich? Einen Monat später hatte ich die sehr theoretische Wahl zwischen drei Assistenzstellen in Afrika. Doch weiterhin keine Reaktion der zuständigen Behörde. Eines Tages, als ich in Paris das Ministerium spontan besuchte, teilte man mir kurz und bündig mit, dass ich „... *genau den Dienst leisten würde, den man für mich ausgesucht hatte und nicht den, den ich mir in einer Ecke gebastelt hatte.*"

Einige Zeit später wurde ich in die Kaserne von Poitiers zitiert und befand mich schließlich von Angesicht zu Angesicht mit einem Unteroffizier, der sich wohlwollend und überzeugend gab. Ich ließ ihn reden und beobachte dabei die Wände. So entdeckte ich ein Plakat mit dem Appell: „*Junge Franzosen, die französische Armee braucht Sie im Libanon!*"

Als er seine Predigt beendet hatte, fragte mich der Priester im Tarnanzug, ob ich nun mit dem Vorschlag von oben (Offiziersschule) einverstanden sei. Angeblich hatte ich Jahre zuvor, als ich meine *Drei Tage* (Die Musterung für den Militärdienst hieß im Volksmund „Die drei Tage". Niemand weiß warum.) in Limoges absolvierte, als Einziger in dem Jahrgang die bestmögliche Note erhalten. Damals wurde uns gesagt: *„Für eine Zivildienststelle im Ausland muss man eine sehr gute Note beim Test haben!"*

Allerdings bezog sich das auf den Test für die Offiziersschule. Einen speziellen Test für den Zivildienst gab es nicht. Ich sagte ihm nur: *„Nein, danke!"*

„Sie haben doch keine Wahl! Es ist die Offiziersschule oder ab ins Gefängnis!" erwiderte er.

Daraufhin verkündete ich so ruhig wie es ging: *„Gut. Hiermit melde ich mich für den Dienst im Libanon!"*

Da verstand mein Ansprechpartner endlich, mit welcher Art von Dickkopf er es zu tun hatte. Eine Weile lang blieb er stumm. Dann erklärte er mir leise: *„Im Libanon herrscht Krieg! Krieg ist nichts für Amateure! Wollen Sie sterben, oder was?"*

„Auf keinen Fall!" antwortete ich schlagfertig.

„Wo wollen Sie denn hin?"

„So weit weg wie es geht!"

„So weit weg wie es geht ..." - er warf einen Blick auf die Unterlagen, die auf dem Tisch vor ihm aufgestapelt waren - *„Das ist Berlin!"*.

Berlin, Berlin ...

Heute Morgen trafen wir von Strasbourg kommend mit dem Nachtzug der französischen Streitkräfte von Berlin am Bahnhof Berlin-Tegel ein. Die bescheidene Ziegel- und Holzhalle läutet den altmodischen Charme von West-Berlin ein, einer merkwürdigen Insel im Land der Sowjets.

In den komfortablen Bussen, die uns in die Kaserne, dem *Quartier Napoléon*, fuhren, schliefen die meisten *Bidasses* (Rekruten) sofort ein. Es ist wahr, dass wir nicht viel Schlaf bekommen hatten. Einige sahen es als angebracht an, ihre Einberufung zu feiern, indem sie viele Dosen *Kro*[4] leerten. Andere spielten Karten, stritten sich und rauchten wie die Schlote. Kurz gesagt, es fiel allen schwer zu schlafen. Schade, denn die nächste Gelegenheit zum Faulenzen sollte sich grausam verzögern.

In der Zwischenzeit müssen wir uns so schnell wie möglich an dieses neue Leben gewöhnen. Es ist sehr kalt, alles ist weiß und rutschig. Aber hier und da sieht man eine Ecke mit blauem Himmel und wenn es Berge in der Gegend gäbe, könnte man glauben, im Wintersporturlaub zu sein. Die Formalitäten für die Übergabe der Uniformen und der Ausrüstung, der Haarschnitt, das Foto für den Personalausweis des *Nationaldienstes*[5] ... alles verläuft problemlos.

Später werden wir erfahren, dass der Friseur zu eifrig gewesen war. Ein Millimeter auf dem Schädel ist nicht viel. Der Vorteil ist, dass wir mit einer solchen Frisur alle recht gemein aussehen, ohne uns im Geringsten anstrengen zu müssen. Der Nachteil dagegen, dass es verboten und sogar strafbar ist. Wir dürfen unsere lieben Berliner nicht allzu sehr erschrecken. Erstaunlicherweise war es der Friseur, der bestraft wurde und nicht wir.

---

4 *Abkürzung für Kronenbourg, Bier aus dem Elsass.*
5 *So hieß der Wehrdienst: Service National.*

15

Seit der sowjetischen Blockade Berlins in den Jahren 1948 bis 1949 sehen sich die westlichen Alliierten nicht mehr als Besatzer, sondern als Schutzkräfte. Und so empfinden es auch die meisten West-Berliner.

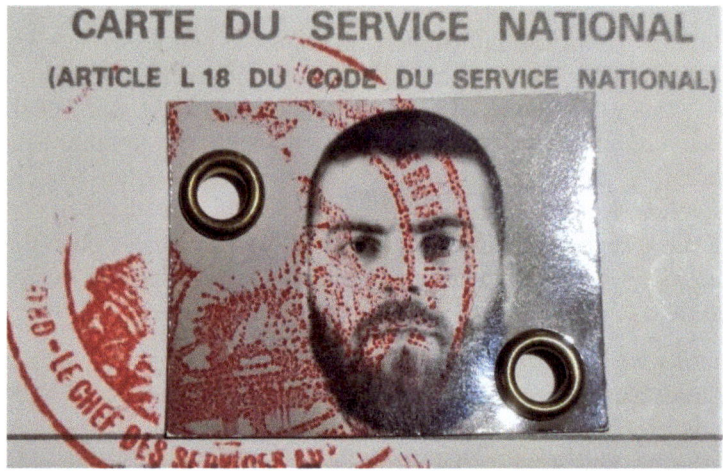

Nichts geht über eine schicke Frisur, Februar 1986, Quartier Napoléon, Berlin (Fotograf unbekannt)

Die französischen Militärbehörden bemühen sich sehr, jeden Vorfall zu vermeiden, der dieses positive Bild im Geiste des Kalten Krieges und gleichzeitig der deutsch-französischen Aussöhnung beeinträchtigen könnte. Gleichzeitig müssen wir etwas beweisen. Die Franzosen wurden erst in letzter Minute in den sehr geschlossenen Klub der Siegermächte aufgenommen. Ohne die Unterstützung Churchills, eine sonst äußerst zweifelhafte Persönlichkeit, wären wir eines dieser vielen besiegten und anonymen Länder geblieben. Und wären heute nicht die stolzen Verteidiger des französischen Sektors. Der Sektor im Nordwesten Berlins setzt sich zusammen aus den Bezirken Reinickendorf und Wedding.

Allein die Baracken spiegeln die historische Atmosphäre wider, in der wir von morgens bis abends leben. Dieser beeindruckende Komplex von mehr als sechzig Gebäuden in einem großen bewaldeten Park wurde in den 1930er-Jahren für das Luftabwehrregiment General Göring errichtet. Der Name ist Programm!

Heute wie damals fehlt nichts, um den Erfolg der intensiven Soldatenzucht zu sichern. Neben Schlafsälen, Kantinen, Schießständen, Büros, Garagen für Panzer und alles andere, gibt es mehrere Hotels, in denen die Familien von Wehrpflichtigen und Berufssoldaten würdig empfangen werden, Geschäfte, Restaurants, erstklassige Sportanlagen, ein Krankenhaus, ein Kino, eine Kirche, französische Post- und Bankfilialen, Villen für die Chefs ...

Direkt neben der Kaserne befindet sich der Flughafen Tegel, der während der Blockade gebaut wurde, als die kleinen Flughäfen Tempelhof im amerikanischen Sektor und Gatow im britischen Sektor nicht mehr ausreichten, um die Bevölkerung West-Berlins mit dem Nötigsten zu versorgen.

In wenigen Monaten ununterbrochener Arbeit, Tag und Nacht, verwandelten bis zu zwanzigtausend Berliner Zivilisten den einstigen Schießplatz in einen modernen Flughafen. Die Zivilisten, fast die Hälfte davon Frauen, meist Trümmerfrauen, hatten sich von der hohen Bezahlung ebenso angezogen gefühlt wie von der Idee, den Sowjets die Freude zu verderben.

Der französische Stadtkommandant General *Jean Ganeval* hatte sich mehrmals mit den sowjetischen Behörden in Verbindung gesetzt, um sie davon zu überzeugen, den Sendemast für Radio-Berlin, den sie seit 1945 trotz der alliierten Vereinbarungen kontrolliert hatten, aufzugeben. Vergeblich.

Dieser Sendemast mit drei fast hundert Meter hohen Pylonen stand am Rand der neuen Start- und Landebahnen und hätte den Flugverkehr behindert. Angesichts der mangelnden Reaktion der Russen befahl General Ganeval die Zerstörung der Pylonen.

Sehr verärgert verließ der Kommandant des sowjetischen Sektors General *Alexander Georgijewitsch Kotikow* sein Krankenbett und vergaß für eine Weile das Fieber, um von Angesicht zu Angesicht (durch seinen Dolmetscher) zu fragen: *„Wie konnten Sie das bloß tun?"*

„Ganz einfach, mein General, mit Dynamit an der Basis" antwortete der Franzose, auch sonst für seinen Humor allgemein bekannt, in aller Ruhe.

Diese Anekdote aus der Anfangszeit der Abkühlung hat tiefe Spuren hinterlassen. Bis heute, wie wir später sehen werden, haben sich unsere Freunde oder vielmehr unsere verbündeten Feinde im Osten eine unbestreitbare Vorliebe für den Flughafen Tegel bewahrt.

Die französischen Streitkräfte in Berlin bestehen hauptsächlich aus zwei Regimentern: dem 46. Infanterie-Regiment und dem 11. Jäger-Regiment.

Wobei hier ein Jäger nicht derjenige ist, der, um zu überleben, wilde Tiere erlegt, anstatt Früchte zu sammeln, nein, er ist ein Reiter. Ja, wie bei *Lucky Luke*. Sorry für die Puristen, aber Kavallerie reimt sich für mich, und ich bin sicher nicht der Einzige, auf Western und auf den melancholischen Helden, der *schneller als sein eigener Schatten schießt*.

Der Zufall will es, dass ich mich als Jäger, oder besser gesagt als Jägerlehrling, als *Bidasse 2. Klasse* durchschlagen muss. Für den Moment sind meine Zukunftspläne einfach gestrickt: erst die Grundausbildung, dann sehen wir weiter.

Klassenbester

Wie ganz Berlin und wahrscheinlich auch seine Umgebung, die wir so schnell nicht sehen werden, weil sie in der Zone liegt, ist das Quartier Napoléon komplett eingefroren. Sozusagen mit Puderzucker bedeckt. Diese polare Kälte im Winter 1986 macht uns das Leben schwer, wie auch den Einheimischen und den Bidasses, die vor uns angekommen sind.

Mit „wir" meine ich das Kontingent 86/02 des 11. Jägerregiments. Unser Motto lautet: *Hier sind die Guten!* Das soll der große korsische Kaiser gesagt haben, als er unsere Einheit vor ein paar Jahren besuchte. Es war jedenfalls vor meiner Ankunft. Seit ich hier bin, verbringen wir die meisten unserer Tage und Nächte in den Wäldern und im Schnee.

So überquerten wir in der vergangenen Nacht den zugefrorenen Tegeler See in alle Richtungen, bis das Knarren des Eises unseren sonst unerschrockenen Häuptling schließlich doch beunruhigte. Wir unsererseits hatten das längst mehr als verdächtig gefunden. Mit Waffen und Gepäck wiegt jeder von uns hundert Kilo und mehr. Zwei Tonnen, die auf dem Eis herumlaufen. Kein Wunder, dass es knackt und knarzt!

Dann gingen wir in den Wald, um zu sehen, ob dort der Wolf war, was tatsächlich der Fall war in Form einer russischen Jeep-Patrouille. Verirrt, wie es heißt, in einer Kurve angetroffen, alle Lichter aus, aber volle Pulle.

Nachdem wir die bösen Sowjets losgeworden sind, haben wir wieder einmal eine hoch strategische Aufgabe erfüllt. Bewaffnet mit seiner Klappschaufel griff jeder von uns schweigend den gefrorenen Sand an und grub ein Loch, das groß genug war, um ihn und sein Zeug zu schützen. Zwei Stunden Training. Uns wurde wärmer!

Schließlich haben wir unter den wachsamen und kritischen Augen unserer freundlichen Animatoren unsere Verstecke - oder sollte es sich schon um unsere Gräber handeln? - sorgfältig mit Planen von jeweils etwa einem Quadratmeter bedeckt. Diese Planen sollten uns vor den Augen des Feindes verstecken. Nun, auf dem großen weißen Mantel des preußischen Winters müssen unsere etwa zwanzig dunkelgrünen Planen auch ohne Fernglas vom Himmel aus meilenweit sichtbar sein.

Tagsüber verwandelt sich meine Lieblingsübung, das Erlernen einer ordentlichen Parade, die glücklicherweise in der Kaserne praktiziert wird, fern von spöttischen oder neugierigen Blicken, unweigerlich in eine Zirkusnummer.

In einer geraden Linie und mit konstanter Geschwindigkeit spielen unsere Stiefel das Spiel mit. Aber wenn wir beschleunigen, bremsen oder schlimmer noch abbiegen müssen, jede Reihe mit einem anderen Tempo, sind Rutschen und weitere Pirouetten vorprogrammiert. Willkommen, bei *Dick und Doof bei Holiday on Ice.* Oder wie mein Lieblingssergeant sagt: *"Chasseur Bouzac, gib dir Mühe verdammt! Wenn ich dich vorbeimarschieren sehe, denk ich an den Berliner Bären!"*

Er allerdings erinnert mich stark an einen Gorilla! Ich, der ich eine sehr strenge Erziehung bei meinen Schwestern erhalten habe, tue so, als hätte ich nichts gesehen und bleibe stumm wie ein Karpfen. Warum folgt er nicht einfach meinem Beispiel?

Aber Eis hat auch seine Vorteile. Gestern Vormittag habe ich meine Militärfahrprüfung bestanden. Der erste Test bestand darin, sich dem großen schwarzen Opel zu nähern, der auf der anderen Straßenseite parkte, ohne auf die Schnauze zu fallen. Reine Routine. Dann starten. Erster Gang. Zweiter Gang. Einmal auf dem inneren Ring der Kaserne herumgefahren. Insgesamt etwa drei Kilometer. Praktisch allein auf der Straße. Zurück zum Anfang. Immer noch im zweiten Gang. Kontrollierte Motorbremse. Eine letzte Rutschpartie. Aussteigen!

„Unterschreiben Sie hier!"

Und schon bin ich Fahrer der alliierten Streitkräfte. Nicht alles in der Armee ist kompliziert.

Heute Nachmittag hatten wir eine praktische Einführung über Panzerfahrzeuge. Panzer sind die Pferde der modernen Armeen. Auf die Idee muss man erstmal kommen! Wir wechselten uns ab, auf den winzigen Tanks, AMX-ich-weiß-nicht-mehr-wie-viele. Sie sind die letzten Exemplare der französischen Armee. „Taschenpanzer", spezialisiert auf den Straßenkampf.

Einer nach dem anderen lassen wir uns in die Einstiegsluke gleiten. Für mich ist es Liebe auf den ersten Blick. Es stinkt nach Öl, Schmutz und ... Sardinen. Das Lustige ist, dass ich nicht in diese Dose passe. Uff! Sie müssen sich für mich etwas anderes einfallen lassen. Oder mich entsprechend kürzer machen ... Oder mir erlauben im Cabrio zu fahren.

Überraschenderweise wurde mein erster innerer Wunsch bald erfüllt. Ein sehr von seiner Person überzeugter *hochrangiger Soldat* kündigt uns an, dass am Ende des Nachmittags ein schriftlicher Sprachtest stattfinden wird. Gesucht werden Dolmetscher für den Generalstab. Das Super-Versteck! Unser sympathischer Leutnant benennt automatisch alle Elsässer in unserem Zug für den Test. Mehr als die Hälfte von uns.

Ich bitte höflichst darum, teilzunehmen „ ...*mein Lieutenant!"*

Mein Vorgesetzter weigert sich. Ich bestehe darauf, immer noch höflich. Doch er weigert sich noch immer, diesmal weniger höflich. Wenn man bedenkt, dass dieser junge Herr gerade sein Jurastudium in Paris abgeschlossen hat. Er lässt mir keine Wahl, also drohe ich, so gut ich kann. Mit dem einzigen, was unseren angehenden Juristen beeindruckt: *„Ich werde mich beim Hauptmann* schriftlich *beschweren."*

Was für ein Horror, er kann schreiben! Die positive Antwort lässt nicht mehr lange auf sich warten: *„Chasseur Bouzac, du Nervensäge, geh zu deiner verdammten Prüfung!"*

„Zu Befehl, mein Lieutenant!"

Zur festgesetzten Zeit sind wir alle dort, etwa zehn von uns, vor winzigen Schreibtischen sitzend, die wahrscheinlich vom

Jules-Ferry-Museum[6] zu diesem Zweck ausgeliehen wurden, in einem ungeheizten Raum auf dem Dachboden des Generalstabs. Das wird diesen faulen Schreibern eine Lektion sein!

Zwei Texte sollen ins Französische übersetzt werden: ein deutscher, der andere in Englisch. Ziemlich kompliziert, aber wir sind ja schließlich nicht im *Club Med*. Die kriegerische Sardinenbüchse im Hinterkopf, gebe ich mein Bestes.

In Deutsch bin ich schlecht, dafür ziemlich gut in Englisch, weil ich Kurse an der Uni belegt habe. Obwohl wir uns dort vor allem für die Romantik interessierten, insbesondere für Dichter wie Keats, Wordsworth, Byron und Konsorten. Und nicht so sehr für Interkontinentalraketen. Nach zwei Stunden intensiver Anstrengung wurden wir in unsere Baracke am anderen Ende des Ferienlagers zurückgeschickt.

Am nächsten Tag überraschten die Ergebnisse des Tests alle, besonders unseren lieben Leutnant. Nur ein Kandidat wurde ausgewählt, nämlich ich. Aber warum? Es ist ganz einfach: meine Konkurrenten, alles Elsässer und die meisten Holzfäller, sprechen kein Wort Englisch.

Pech gehabt, denn der Deutsch-Test war nur ein Witz. Oder die reine Routine. Niemand weiß es genau. So finde ich mich am Ende der Grundausbildung als Dolmetscher für Französisch - Englisch / Englisch - Französisch im Alliierten Stab Berlin, im Britischen Sektor, wieder, wo ich siebzehn sehr bereichernde Monate verbringen werde.

In der Zwischenzeit habe ich noch zwei Wochen F.E.T.T.A., die *Formation Élémentaire Toutes Armes*, der ganz offizielle Name der militärischen Grundausbildung, welcher mit dem griechischen Schafskäse nichts zu tun hat, wie einige respektlose oder unkultivierte Bürger manchmal unterstellen.

---

6 *Der französische Ministerpräsident Jules Ferry (1832-1893) führte den unentgeltlichen und verpflichtenden Grundschulbesuch ein.*

Liebe Marianne

Heute Morgen kam ein Drückeberger von der Zeitung der Französischen Streitkräfte in Berlin in unser Zimmer und kündigte an: *„Wir suchen einen Freiwilligen, der einen authentischen Artikel für die Gazette liefert. Einer von euch „Schneeklassen-Freundchen" wird einen Brief an seine leider zu Hause gebliebene liebe Freundin schreiben."*

Stille. *„Der Brief wird vom Kapitän gelesen und korrigiert!"* Hielt er für ratsam zu präzisieren.

Eine ernsthafte Angelegenheit. Zweifellos.

„Die Armee muss im positiven Licht escheinen." Fügte er hinzu, ohne jede Not.

Von uns kriegt er keine Antwort. Wir schlafen wenig und schlecht. Und sind alle erkältet. Die Probleme dieses Witzbolds sind uns ganz egal und wir zögern nicht, es ihm zu sagen. Der Ton wird schärfer.

Um es hinter uns zu bringen und dabei etwas Spaß zu haben schlage ich vor, irgendeinen Quatsch zu verfassen, so genau sage ich es ihm natürlich nicht.

Meine damalige Freundin hatte mich nach einem ersten Aufenthalt in Deutschland, damals an der Uni, ein Jahr bevor ich an die Ostfront ging, rausgeworfen. Es war nur natürlich, dass ich einen männlichen, aber emotionalen Brief an Marianne, Nationalfigur der Republik und Freundin aller Bidasses und anderer treuer Diener des Mutterlandes, schrieb.

So erstaunlich es auch sein mag, der fragliche Text wurde in seiner Gesamtheit im Februar 1986 in der *Gazette de Berlin,* der im Quartier Napoléon monatlich erscheinenden Zeitschrift, veröffentlicht. Ich habe gerade zufällig auf dem Boden einer Kiste das handgeschriebene Original entdeckt, das mehr als einen Umzug, den großen Sturm von 1999 und die unaufhörlichen Aufrufe des Internationalen Roten Kreuzes, sein Altpapier zu spenden, um den Planeten zu retten, überlebt hat.

„Liebe Marianne,

Dein Roro ist gut angekommen. Kaum in Strasbourg ausstiegen, haben sie mich mitgenohmen. Dass ich meine Santiags[7] *gegen ein Paar* Randjos[8] *tauschen muss macht mich fertig.*

Weiß du was, der CTPM[9] hat viel darauf: das Gefasel ist ganz schön heftig! Beim Essen stehen mir die Haare zu Berge! Keine Sorge, der Koiffeur hat mir eine Glatze verpasst!

Im Zug habe ich ein paar tolle Kumpel gefunden. Karten haben wir gespielt und ein' Hauffen Dosen gekillt.

Weißt du was, unser Motto ist: "Hier sind die Guten!" An der Mauer braucht man nur echte Kerle, keine Psychos. Scheiß Angst ... wir sind doch keine Tussis!

Hir sind alle Klugscheißer, wir singen Opern-Hits[10] und labbern in Latein. Schade, das du nicht dabei bist, fürs Putzen.

> *Bis bald Süße,*
>
> *Dein dich liebender Roro"*

---

7   Französisch: Eine Art Cowboy-Stiefel.

8   Springerstiefel.

9   Sorry, die Bedeutung dieser Abkürzung ist mir nicht (mehr) bekannt.

10 „Afrikanische Kavallerie", das wir schamlos in die Luft zur Melodie der Trompeten von Aida brüllen. Armer Verdi.

Das ist das Werk.

Eisenbahnwagen des Train Militaire des Forces de Berlin, AlliiertenMuseum in Berlin-Dahlem, Frühjahr 2020

Berliner Bär

Unter diesem ach so aufrüttelnden Titel erzählte Katrin, meine zukünftige Frau, natürlich eine West-Berlinerin, die Umstände unserer ersten Begegnung während meiner Grundausbildung. Ich freue mich, meinen Leserinnen und Lesern diesen Text in seiner Originalfassung anbieten zu können[11]:

„Ich bin ein Kind des Kalten Krieges. Vielleicht haben meine Eltern meinen Vornamen deshalb ausgesucht, der ebenfalls mit K. anfängt. Kaum zur Welt gekommen, in einer Arbeiterfamilie des roten Wedding in Berlin, wurde ein paar Straßen weiter „DIE" Mauer gebaut, die gut 28 Jahre lang (eine ganze Generation!) die Stadt und das Land teilen würde.

Die Zerstörungen des Krieges, hier meine ich natürlich den Zweiten Weltkrieg, waren noch überall gut zu sehen. So wohnten wir, meine Eltern und ich, in einem Haus ohne Dach. Immerhin besser als das Gegenteil, dachte ich beim Spielen in einer der vielen Lücken unserer Straße, nachhaltige Zeugen der Luftangriffe.

Ich bin keine Historikerin, aber ich habe den Eindruck, dass es immer viel schneller geht, alles kaputt zu bomben als das Ganze zu reparieren, mit Blumenkästen auf dem Balkon und so.

Eine weitere Folge des Krieges war die Besetzung der Stadt. Wedding und der benachbarte Bezirk Reinickendorf bildeten den Französischen Sektor. Im Gegensatz zu meinen Eltern kannte ich die Franzosen und die anderen Westalliierten nur als Schutztruppe und nicht als Besatzungsarmee. Ich möchte Sie nicht mit den Details langweilen, zumal es mehrere Museen und Filme gibt, die sich mit diesem Thema befassen, aber der Unterschied war beträchtlich.

---

11 *Diese Geschichte habe ich als Beitrag von „Katrin Pineaudèch" zum Wettbewerb des Deutsch-Französisches Jugendwerk anlässlich des 40. Jubiläums des Elysée-Vertrags 2005 geschrieben und unter dem Namen „Ein komischer Berliner Bär" eingereicht. Sie wurde ausgewählt und als eine von 40 Geschichten veröffentlicht.*

Für mich als geborene West-Berlinerin gehörten die Franzosen zum Stadtbild wie die schon erwähnte Mauer an der Ecke. Wir hatten keine Verwandten und noch weniger Freunde in der Zone. Die DDR, es war so etwas wie ein deutschsprachiges Belgien. Ohne König dafür demokratisch. Ob sie dort Pommes hatten? Richtig dumm waren nur diese ewigen Kontrollen auf dem Weg in den Urlaub. Da wir oft nach Tirol oder Dänemark fuhren, habe ich reichlich Zeit gehabt, den ganzen Quatsch auszukosten.

Mit siebzehn war ich auch in Frankreich mit meinem Freund und dem Auto seiner Eltern. Die Côte d'Azur, Papiere geklaut in Marseille, die Châteaux de la Loire und zurück. Tolle Zeit. Mensch war ich jung und sooooo schlank, wie ich gerade auf den etwas ausgeblichenen Fotos sehe. So eine Frisur! Abartig! Mein damaliger Freund, ein sehr netter Mensch, zu dem ich heute noch einen guten Draht habe, war sehr fleißig in der Schule und bald ging er in die USA fürs Studium.

Im gleichen Jahr habe ich angefangen, im Deutsch-Französischen Chor zu singen. Französisch war in der Schule Mode und mehrere meiner Freundinnen waren schon dabei. Besonders beliebt war die sehr französische Façon des gegenseitigen Begrüßens mit Küsschen auf den Wangen. Damals war das im Wedding alles andere als üblich!

Wenn man bedenkt, dass der typische Berliner Franzose achtzehn Jahre alt, selten freiwillig nach Berlin gegangen war und bis auf zur Chorprobe im nah gelegenen Centre Français de Wedding die Kaserne am Flughafen Tegel (stolz „Quartier Napoléon" genannt) nicht allein verlassen durfte, wundert man sich nicht über die vielen Freundschaften, die - ganz im Geiste des Elysée-Vertrages - im Laufe der Zeit beim Singen entstanden sind.

Auch ich hatte einige, meist flüchtige, „bilaterale Affären". Ich wurde nie für den De Gaulle-Adenauer-Preis vorgeschlagen und es ist gut so. Nach dem Abitur habe ich angefangen zu studieren.

Meine Eltern wären schon froh gewesen, wenn ich eine Bank-lehre absolviert hätte. Als ich ziemlich bald als Ärztin promo-vierte, waren sie ganz schön baff. Den einzigen Doktor, den wir in der Familie bis jetzt persönlich kannten, war der Zahn-arzt in der Residenzstrasse.

Ich war immer noch im Chor, hatte viele Konzertreisen nach West-Deutschland und Frankreich mitgemacht. Alle paar Mo-nate sangen wir in der Kaserne, um neue Männerstimmen zu werben. Wer im Chor gesungen hat, weiß wie schwer es ist, genug Bässe und Tenöre zu finden und sie zu behalten.

Die meisten „Bidasses", wie sich die französischen Soldaten nannten, kamen aus den Pariser Vorstädten. Es war alles an-dere als leicht, sie für Folklore, Chansons, Brahms und Co KG zu begeistern.

Viele die zu uns kamen, kamen unseretwegen, der jungen Mä-dels wegen, meine ich. Singen konnten sie nicht. Aber char-mant waren sie oft. Und wenn einer zu dumm oder zu grob war, merkte er bald, dass er nicht erwünscht war. Oder auch nicht. Da könnte ich einige Storys erzählen, die aber nicht hundertprozentig in den feierlichen Rahmen passen würden.

Als wir irgendwann Mitte der 80er an einem furchtbar kalten Tag, ich glaube im Februar, in der Kaserne wieder sangen, dachte ich, dass es das letzte Mal gewesen war, so schrecklich war das. Die meisten Bidasses schliefen sofort ein. Die ande-ren husteten so laut, dass sie für uns eine echte Herausforde-rung darstellten. Bei den Werbeauftritten in der Kaserne waren wir immer nur eine kleine Gruppe. Viele konnten um die Zeit nicht kommen. Einige wollten nicht in die Höhle des Löwen.

Damit das Husten aufhört, bellten einige Unteroffiziere zuerst Befehle und dann düstere Drohungen. Wir sangen zum ersten Mal in der Öffentlichkeit (von Publikum konnte kaum die Rede sein) einen neuen Satz unseres Chorleiters von „Les feuilles mortes". Es war sehr schön und ziemlich kompliziert. Da pas-sierte ein kleines Wunder: einer der Soldaten und bald sogar drei oder vier klatschten!

Einen dieser Soldaten (der erste Claqueur?) lernte ich einige Monate später kennen. Er behauptet heute noch - Franzosen sind Dickköpfe, auch wenn sie nicht aus der Bretagne kommen! - er hätte mich an diesem Tag „kennengelernt".

Er saß ganz hinten in dem großen halb verdunkelten Raum, der stark nach Schweiß und Lederputzmittel roch. Wie fast alle seiner Kameraden war er erkältet und gab sich viel Mühe (sagt er jedenfalls), um möglichst wenig zu husten. Nicht wegen des „Hustenverbots" betont er gern, sondern weil er froh war, nach einigen Nächten in den verschneiten Wäldern zurück in der Zivilisation zu sein. Am Ende des Konzerts hustete er wirklich nicht mehr. Er schlief fest.

Kaum war der Chor weg, war es auch mit der Zivilisation vorbei. Alle die geschlafen oder gehustet hatten, also eben alle, hatten eine extra Runde Waffenputzen by night gewonnen ... Wenn Sie mehr darüber wissen möchten, fragen Sie ihn doch direkt. Mein Mann hat wenig Zeit, aber wenn er damit anfängt zu erzählen, ist er ein echter Wasserfall.

Aber noch war er nicht mein Mann. Sondern einer von vielleicht zweihundert stark riechenden, laut hustenden oder friedlich schnarchenden erschöpften Möchte-nicht-gern-Soldaten.

Er kam, sobald er konnte zur Chorprobe und fand mich nicht. Ich hatte gerade meine letzten Prüfungen und hatte für einige Wochen auf die Chorproben verzichtet. Im Anschluss fuhr ich in den Urlaub. Und dann gab es die Sommerpause. Beinah hätte er eine andere gefunden oder wäre nach Hause zurückgefahren, ohne seinen Beitrag zur deutsch-französischen Versöhnung geleistet zu haben.

Bei der ersten Chorprobe nach den Ferien im September merkte ich unter den „Neuen" einen besonderen Fall. Nicht dass er ausgesehen hätte wie Alain Delon. Aber er war viel älter als die anderen. Ich war auch nicht mehr die jüngste. Na ja, ist alles relativ. Er trug einen Bart nach Ayatollah-Mode und hatte so gut wie kein Haar auf dem Kopf. Ehrlich gesagt, wir hatten schon die dollsten Bidasses gehabt, aber so einen noch nicht.

Der groß gewachsene Bursche war schüchtern. Wenn er sich zu sprechen traute, im gebrochenem Deutsch mit starkem Akzent, war er jedoch sichtlich froh zu erzählen. In seiner Muttersprache war er bestimmt eine furchtbare Quatschbacke. Er erzählte von einer Indienreise, im Himalaja. War der ein Yeti?

Als er mir mal sagte, wie sein Adjutant ihn genannt hatte, musste ich lachen. Wegen seiner angeborenen Eleganz beim Marschieren hieß er nur noch „Berliner Bär". Da war was dran.

Mitte Oktober gab es eine Vernissage im Rathaus Wedding. C., eine gute Freundin und Chorsängerin, die an der Organisation der Ausstellung beteiligt war, schickte mir eine Einladung. Ganz zufällig erhielt auch er eine Einladung. Wir verabredeten uns vor der Nazarethkirche, einer von vielen Schinkel'schen Meisterwerken in Berlin.

Das Wetter war unglaublich schön. Ein typischer Altweibersommertag, oder wie der Olle Tucholsky sagte, mitten in der fünften Jahreszeit: „Spätsommer, Frühherbst und das, was zwischen ihnen beiden liegt. Eine ganz kurze Spanne Zeit im Jahr. Es ist die fünfte und schönste Jahreszeit."[12]

Er wartete schon als ich kam. Wer war hier der Preuße? Wie sich später herausstellte, war diese Überpünktlichkeit auch für ihn etwas Besonderes. Wir begrüßten C. in der modernen Eingangshalle. Hörten die spannende Rede des Bezirkskulturrates und schauten uns die Ausstellung an. Der Künstler hatte lauter bunte Röhren abgebildet. Es war wie im Keller eines großen Gebäudes, eines Kreuzfahrtschiffes, nur eben in Farben, vor allem blau, weiß, rot. War der Künstler Franzose, Ami, Brite, Australier, Holländer, Russe ...? Die Trikolore ist überall.

Sehr lange sind wir nicht geblieben. Ein Vorwand bleibt ein Vorwand. Und die Bilder konnten mit dem wunderbaren spätsommerlich-frühherbstlichen Tag nicht mithalten.

---

12 *Die fünfte Jahreszeit, Die Weltbühne, 22.10.1929, Nr. 43, S. 631.*

Wir gingen hinaus in den Volkspark Rehberge und liefen umher. Angekommen an der Bergspitze am schönen Brunnen freute ich mich über die Stille. Er meinte, er würde ganz genau den Krach der Flugzeuge in Tegel sowie die ebenfalls lauten Autos in der Nähe hören. So empfindlich sind Bauernohren. Ich hörte nichts anderes als das Plätschern des Wassers im Brunnen, die Freudenschreie der Kinder auf der Drachenfliegerwiese. Das Licht war genau wie Tucholsky es mal beschrieben hat: Schwarzgold.

Es kam der Herbst und wir wurden ein Paar. Und irgendwann wurde der 12. Oktober zum ersten deutsch-französischen Feiertag erklärt."

Am Landwehrkanal, Kreuzberg, Goldener Oktober 1986

Grundausbildung (bis zum Ende)

Es ist immer noch so kalt und ich kann mich nicht daran gewöhnen. Aber die Zeit vergeht überraschend schnell und die Grundausbildung ist bald beendet. Ich, der noch nie in meinem Leben ein Bett gemacht hatte, bin zum Experten für quadratisch gemachte Betten geworden, werde sogar bei Kontrollbesuchen als Vorbild genannt. Diese völlig unnütze Fähigkeit werde ich bald so schnell vergessen, wie ich sie erlernt habe.

Aber erst einmal ein viel ernsteres Thema: Unsere Gesundheit ist nicht wirklich das Problem unserer Vorgesetzten. Als logische Folge unserer Waldspiele sind viele von uns krank. Seit Wochen ist das Krankenhaus Pasteur ausgebucht. Tatsächlich wird jeder an der Grippe Erkrankte systematisch als ein abscheulicher Simulant betrachtet.

Als ich mich wiederum, zitternd vor Fieber, krankmelde, finde ich mich in meiner Baracke eingesperrt. Kranke dürfen den Kampfanzug nicht anziehen und sind gezwungen, den Tag in Trainingsanzügen zu verbringen. Also tragen wir unsere echten Adidas-Plastik-Trainingsanzüge, hergestellt in der UdSSR (!), um das Eis mit der Picke vor dem Eingang der Gebäude bei minus 20 Grad zu brechen. Das Ergebnis lässt nicht lange auf sich warten, kurz vor Ende der Grundausbildung ist mehr als die Hälfte unserer Staffel offiziell krank und landet im Krankenhaus. Ich bin dabei.

Dort ist es warm und die Räume sind viel komfortabler als in der Baracke. Ich lasse es ruhig angehen. Mein Mitbewohner hört die ganze Zeit deutsche Lieder auf seinem Walkman, den er im Laden der Kaserne gekauft hat. Er leiht mir seine Lieblingskassette, aber ich verstehe nichts davon. Als guter Elsässer, und da wir nichts anderes zu tun haben, übersetzt er mir *Bochum* und andere Lieder von der Platte gleichen Namens Wort für Wort. Der Sänger ist Herbert Grönemeyer, ein Optimist mit einer seltsam rauen Stimme, der die Schönheit des Ruhrgebiets besingt.

Sobald ich aus dem Krankenhaus entlassen bin, nehme ich an meinem ersten Kurzbesuch in Berlin teil. Unsere freundlichen Gastgeber sind etwas eingeschränkt was Sightseeingtouren betrifft, fast alles dreht sich um die Geschichte der Nazis. Zuerst besuchen wir das ehemalige Gefängnis von Plötzensee, eine Gedenkstätte, die den Opfern des braunen Terrors gewidmet ist. Für viele von uns ist es eine Entdeckung: Von den dreitausend Gefangenen, die an diesem finsteren Ort mit Handbeil hingerichtet, guillotiniert oder mit dem Strang erhängt wurden, war die Hälfte Widerstandskämpfer und politische Gefangene Deutsche.

Kurz darauf besuchen wir das Mauermuseum am Checkpoint Charlie. Diese privat geführte Institution dokumentiert seit 1962 die Geschichte des Mauerbaus und Fluchtversuche von DDR-Bürgern.

Auf Entdeckung durch West-Berlin, Frühjahr 1986

Die Botschaft dieser Besuche ist klar, wenn auch vielleicht etwas zu simpel: Während des Zweiten Weltkriegs waren nicht alle Deutschen Henker. Heute wie damals gibt es Deutsche auf beiden Seiten, „gute" und „schlechte".

Der Feind, unser gemeinsamer Feind, sitzt im Osten und wird vor nichts zurückschrecken, um die ostdeutsche Bevölkerung gefangen zu halten. Und unsere Mission ist in der Tat, die Menschen in West-Berlin vor der sowjetischen Aggression zu schützen und nicht, wie ursprünglich beabsichtigt, das besiegte Land zu besetzen.

Leider ist der Zivilkundeunterricht, den wir in den Baracken erhalten, nicht so ernst, wie er sein sollte. Sie sagen uns zum Beispiel, dass alle jungen Franzosen in der Armee dienen müssen, sonst könnten sie nie vollwertige Bürger werden. Ich belebe ein wenig die Sache, indem ich Fragen stelle wie: *„Was ist mit den Bürgerinnen?"* ... Die mir immer die gleiche Antwort einbringen: *„Halt die Klappe Bouzac, du kapierst einfach nichts ..."*

Aber der größte Unsinn ist, was uns über den Schutz vor atomaren, biologischen und chemischen Gefahren vermittelt wird. *„Sehen Sie einen Atompilz, der sich wie eine brennende Riesenqualle[13] in den Himmel erhebt? Kein Problem, bleiben Sie ruhig. Legen Sie sich auf den Boden mit dem Kopf in Richtung der Explosion und achten Sie darauf, dass Sie sich mit dem mitgelieferten Gummimantel gut bedecken, zählen Sie bis hundert. Dann stehen Sie ruhig wieder auf, schütteln Sie den Umhang, falten ihn richtig zusammen, legen ihn an seinen Platz im Rucksack und gehen zurück zum Angriff"*, - natürlich mit einem Lächeln im Gesicht und einer Blume in der Mündung des FA-MAS ...

Zumindest die Methode, die uns von der Dringlichkeit des Maskenaufziehens im Falle eines Giftgasalarms überzeugen soll, ist so einfach wie effektiv. Nachdem er uns in einem dunklen und isolierten Keller versammelt hat, wirft unser Sergeant eine Rauchgranate auf den Betonboden und rennt hinaus, wobei er die Tür zuschlägt und sie sofort abschließt. Es liegt an jedem von uns, in dem Haufen, der sich im Raum in der Dunkelheit befindet, eine von der Größe her passende Maske zu finden.

---

13 *Diese bildhafte Ergänzung ist von mir.*

Der Witz ist, dass es eine Maske weniger als Mitspieler gibt. Wer nicht schnell genug war oder Verkleidung nicht mag, wird unverzüglich mit einem kolossalen Hustenanfall belohnt. Mir hilft dabei meine Vergangenheit als Rugby-Pfeiler[14] in Cognac - oder war es die langwierige Erfahrung des Drängelns in den Schlangen der Rabelais-Mensa in Poitiers?

Schamlos mit den Ellenbogen einen Weg durch die Massen bohrend, ergattre ich eine Maske, die zwar unappetitlich, aber dafür trotz Bart einigermaßen dicht ist. Als wir wieder draußen sind, frage ich den diensthabenden Aufpasser, ob das wirklich legal sei. Er lacht mich aus und sagt, um jede unnötige Diskussion im Keim zu ersticken: *„Schnauze, ihr Weicheier. Die Russen benutzen echtes Giftgas, tödlich!"*

Abgesehen von allen ideologischen Erwägungen gebe ich zu, dass nur sehr wenige von uns bereit waren, freiwillig mit einem Russen zu tauschen, geschweige denn, vor Ort zu überprüfen, was unser Sergeant behauptet.

Ich habe von Geburt an ein Rückenproblem, das mich dazu zwingt, Ausrutschen und Stürze aus der Höhe zu vermeiden. Sonst werde ich wahrscheinlich vor meiner Zeit im Rollstuhl oder gar auf dem Friedhof enden.

Bei der regelmäßigen ärztlichen Untersuchung gleich zu Beginn der Grundausbildung hatte ich das Problem dem Chefarzt erklärt, der sich nicht die Mühe machte, mich zu untersuchen, da er damit beschäftigt war, so zu tun, als würde er meine medizinischen Zeugnisse lesen, bis er zufällig eine der Narben sah, die meine rechte Hand vorteilhaft schmücken.

---

14 *„Die Aufgabe des linken und rechten Pfeilers ist es, im Gedränge und bei der Gasse Unterstützung zu bieten. Zusammen mit der zweiten Reihe sind sie für die Vorwärtsbewegung im Gedränge zuständig, aus diesem Grund müssen sie besonders stark sein. Nur Pfeilern und Haklern ist es erlaubt, das Gedränge durchzuführen, da bei schwächeren Spielern das Gedränge zusammenbrechen würde und so große Verletzungsgefahr bestünde."* (Wikipedia)

Dann begann er fasziniert mit mir zu sprechen, als wäre ich ein Mensch, und fragte mich sogar nach dem Namen des Chirurgen, der das Wunder vollbracht hatte. Die Ursache des *Unfalls*, wenn man es so nennen kann, weil ich in Wirklichkeit das unschuldige Opfer eines dummen antikapitalistischen Anschlags war, eine Wahnvorstellung, die mich im Alter von achtzehn Jahren fast meine rechte Hand - und sogar meinen Arm - gekostet hätte, interessierte ihn überhaupt nicht. Seitdem hat sich meine Hand trotz des Wunders nie wieder vollständig erholt. Aber zumindest bin ich für immer davon überzeugt, dass dieser Planet voller gefährlicher Idioten ist, die man so weit wie möglich meiden sollte. Diese grundlegende Wahrheit begleitet mich Tag und Nacht. Solches Wissen ist manchmal ein wenig störend, aber insgesamt sehr gesund.

Nach diesem unerwarteten Austausch befreite mich der Chefarzt großzügig vom Tragen eines Rucksacks. Es war ein völliges Missverständnis, denn wenn es eine Sache gibt, die der Student der Geologie, der ich bin, zu tun weiß, dann ist es, einen Rucksack zu tragen, auch wenn dieser schwer ist, weil er voller Steinproben ist, sogar für eine lange Zeit, denn zu Fuß hört dieser verdammte Planet nie auf. Fragen Sie jeden Yak in der Blüte der Jahre zwischen Lamayuru und Leh, Ladakh-Himalaja, er wird es Ihnen bestätigen, ohne mit der Wimper zu zucken!

Meine nutzlose Dispensation hat nur einen Effekt: Mich zum Narren der Leidensgenossen zu machen. Das Schlimmste ist, dass ich wie alle anderen traben muss. Als wir eines Tages den Befehl erhalten, in eine eisige, zwei Meter tiefe Grube zu springen, weigere ich mich, das zu tun. Ich steige von der Lastwagen-Plattform ab, so wie ich kann, unter dem Spott aller Anwesenden, während ich am Grubenrand stehe und all diese Helden beobachte, die in das Erdloch hinsausen, wie Pinguine im Packeis zum Fischen im Meer. Wenn es ihnen Spaß macht!

Pünktlich zum Tag der F.E.T.T.A.-Abschlussprüfung kommt meine Rache. Wir sind wieder in Paare aufgeteilt, in sogenannten *binôme*s. Bis an die Zähne bewaffnet, marschieren wir lange im Schnee entlang eines natürlich zugefrorenen Kanals, bevor wir einen Wald durchqueren, in dem uns ein Hinterhalt erwartet. Tolles Szenario!

Aus der Sicht unserer Führungskräfte ist es für uns eine einzigartige und unerwartete Gelegenheit zu zeigen, was wir gelernt haben, was wir draufhaben, nun, der ganze Quatsch. René, mein Partner im binôme, ist in schlechter Verfassung. Trotz einer mit bloßem Auge und somit ohne Mikroskop erkennbaren, eitrigen Ohrenentzündung in beiden Ohren, glauben Sie mir, ein ekelhafter Anblick, wurde er von dieser symbolträchtigen Übung, die unsere Ausbildung in großem Stil beenden sollte, nicht befreit.

Ungeachtet des sonnigen Wetters hat René Schwierigkeiten beim Gehen, seine runde Brille ist voller Eis, ebenso wie mein Bart und mein Schnurrbart. Die Idee dieses frostigen roten Bartes erinnert mich an Maupassant und seine *Erzählungen von Krieg und Niederlage*[15]. Nur dass in diesen tragischen, vom 1870er Krieg inspirierten Kurzgeschichten, der Bart ein Synonym für den blutrünstigen Soldaten, den Preußen, ist. Mir fehlt nur noch die Pickelhaube ...

Ohne ihn groß nach seiner Meinung zu fragen, und damit ich sein Schnaufen, das einem asthmatischen Seehund gleicht, nicht weiter anhören muss, nehme ich Renés Rucksack und wir laufen nun mit einer Reisegeschwindigkeit, die näher an der vom Reglement vorgeschriebenen liegt. Der Rucksack stört mich nicht, im Gegenteil, er hält mich warm! Wenn man bedenkt, dass ich von Anfang an dieser angenehmen Nebenwirkung beraubt wurde ...

Sobald wir den Waldrand erreichen, hören wir Schüsse, denen sofort laute Beschimpfung folgt: *„Ihr seid echt scheiße! Und mausetot. Ihr habt nicht mal versucht, euch zu verteidigen!"*

Wenn er wüsste, wie wenig uns das kümmert. Ich glaube, er weiß es.

---

15 Guy de Maupassant. *Contes et romans, Tomme 14. Récits de guerre et de défaite, L'Angélus, France Loisirs, 1994*

Nach dieser militärischen Meisterleistung, die jeder Beschreibung spottet, werden alle Rekruten des Übungsgeschwaders feierlich der Regimentsstandarte vorgeführt. Mit emotional zitternder Stimme teilt uns der Hauptmann mit, dass wir nun vollwertige Jäger seien. Beeindruckend, nicht wahr?

Vor allem haben wir jetzt das Recht, unseren ersten, maximal 72 Stunden währenden, Fronturlaub anzutreten. Für die Pariser, die *Ch'tis*[16] und die Elsässer, die den Großteil der Truppe ausmachen, ist dies machbar. Für den einzigen Charentais im Regiment bedeutet das drei Tage im Zug.

Kalt oder nicht, was für ein beschissener Krieg! Aber das Wichtigste ist, dass ich, wenn ich zurückkomme, in das Personalwohnheim des Stabes im Quartier Napoléon umziehen und meine neue Stelle im Hauptquartier der Alliierten aufnehmen werde, das irgendwo im Britischen Sektor liegt. Mit anderen Worten, meine Karriere als Jäger, die kaum begonnen hatte, war zu einem Ende gekommen.

---

16 *Für die wenigen, die den bezaubernden Film "Willkommen bei den Ch'tis" (Biancas Kinolexikon) verpasst haben: So nennen sich die Einwohner aus Nordfrankreich.*

Familienbild, Quartier Napoléon, 11. Jäger-Regiment, Eskadron Dupont, Ende der Grundausbildung, Ende Februar 1986 (Fotograf unbekannt)

Bei den Briten

Nach einem wohlverdienten ersten Urlaub, den ich wie geplant im Zug verbracht habe, bin ich wieder in Berlin. Aber jetzt ist alles anders. Ich habe Zivilkleidung in meinem Gepäck, die ich bis dahin nicht mitnehmen durfte, wie all die Untermenschen, die während der Grundausbildung per se noch grün hinter den Ohren sind.

Es ist nach wie vor kühl, aber das Eis weicht allmählich einem nicht weniger rutschigen Schlamm. Tatsächlich erinnert es im Quartier Napoléon eher an die *Beresina* als an *Austerlitz*. Jedenfalls ist mein kurzer Aufenthalt beim 11. Jäger-Regiment, ja genau dasselbe, das im November 1806 an der Kaiserrevue vor dem Brandenburger Tor vorbeiging, endgültig vorbei.

Wie vereinbart und dank meiner hervorragenden Leistung in der bereits erwähnten Sprachprüfung habe ich nun die große Ehre, als Sprachsekretär im Alliierten Stab Berlin (ASB) zu dienen.

Der ASB befindet sich in einem repräsentativen architektonischen Komplex, der nicht mehr und nicht weniger als Teil des ehemaligen Reichsministeriums für Wissenschaft, Erziehung und Volksbildung des Naziregimes gewesen sein soll, im zum britischen Sektor gehörigen Bezirk Charlottenburg. Das Olympia-Stadion gehört nicht zum alliierten Militärkomplex, dafür beinah alles andere in seiner Umgebung[17]. Neben einer Kaserne sind auch der britische Generalstab und eben der ASB dort untergebracht.

Rote Backsteinwände, makelloser Rasen, die britische Illusion ist perfekt: Es ist wie in den besseren Vororten von London. Die Sportanlagen sind noch beeindruckender als im Quartier Napoléon: Olympische Frei- und Hallenbäder, verschiedene Sporthallen, Ballspielfelder aller Art, darunter Squash-Hallen, Boxringe ... All dies nur für uns alliierte Militärangehörige.

---

17 *Das damals von den Briten benutzte Gelände heisst seit 1994 „Olympiapark Berlin".*

Bronzestatuen nackter athletischer Sportler erinnern an die Ideale der einstigen Erbauer des Geländes (Arno Breker lässt grüßen) und an die Antike. Die alten Griechen ihrerseits begnügten sich nicht damit, nur ihre gut aussehenden Männer zu porträtieren. Es gab auch Aphrodite und die anderen Mädels ...

Jeden Mittwochnachmittag lernen wir eine „alliierte Sportart" kennen. So werden wir im Laufe der Zeit Baseball spielen, eine unvergessliche Segelfahrt auf dem Wannsee bei starkem Wind erleben, Cross-Country um die Waldbühne laufen und vieles mehr.

Der geheimnisvollste Sport wird jedoch für mich das sehr britische Cricket-Spiel bleiben. Ich muss an diesem Tag während des ganzen Spiels besonders dämlich ausgesehen haben, denn obwohl ich nicht der Einzige war, der nichts verstand, weit gefehlt, niemand anders als ich bewahrt in seinem Archiv das von Major M. Wright persönlich überreichte Zertifikat des wohl ironisch gemeinten *Most Valuable Player* auf:

Zertifikat für den schlechtesten Sportler des Tages

Ich verdanke demselben Offizier seiner gnädigsten Majestät, einer ansonsten für seine Zivilität und große Kultur bemerkenswerten Person, einen der etwas anderen Höhepunkte meiner militärischen Karriere. Ein unerwarteter Gipfel.

Umso mehr überraschte es mich, da dieser französischsprachige Offizier in einer dieser langen Dienstnächte mich an seinem Privatleben teilhaben gelassen hatte. Er erzählte mir von einem Abend in Nordirland, an dem die Mutter einer jungen Frau, die bei einem Bombenanschlag verletzt wurde, die Intervention britischer Krankenpfleger formell abgelehnt hatte, mit der Begründung: *„Es ist besser zu sterben, als von einem Engländer gerettet zu werden"*.

Das Opfer starb kurz darauf vor seinen Augen.

Meine Abteilung ist verantwortlich für die Büroausstattung und Logistik im Allgemeinen und im Besonderen für die Organisation der alliierten Paraden, einem Höhepunkt des Berliner Jahres, sowie der alliierten Veranstaltungen zu Weihnachten. Eines schönen Morgens versammelt Major Martin Wright eine Handvoll Soldaten, darunter auch mich, als einzigen Vertreter der Französischen Republik, und wir gehen gemeinsam zur riesigen Esplanade, die dem Eingang zum Olympiastadion vorausgeht. Als wir dort ankamen, sagt er zu mir: *„Brigadier Bouzac (sie merken, ich bin im Rang gestiegen), marsch!"*

„Ist das ein Witz, Sir?"

„Brigadier Bouzac, defilieren Sie!"

„Aber, ich ... kann es nicht ..."

„Das ist nicht der Punkt, das ist ein Befehl! Sie defilieren die gesamte Länge der Esplanade. Ich stoppe Ihre Zeit. Dies wird die Grundlage für das Tempo der französischen Kontingente bei der nächsten interalliierten Parade auf der Straße des 17. Juni sein."

„???"

Verdutzt, aber diesmal von der Sinnlosigkeit jeder Diskussion überzeugt, marschiere ich los unter den amüsierten Blicken der wenigen Schaulustigen, die sich hier herumtreiben. Ich bin in meiner Bürouniform, natürlich unbewaffnet, mit meinen prächtigen Plastikschuhen, die mir die Füße verletzen. Unsere gebrauchten Plastikgurken und Kleidungsstücke aus Nylon sind für unsere britischen Kollegen eine ständige Quelle der Unterhaltung, um nicht zu sagen des Ekels. Und sie haben recht!

Der Major folgt mir mit seinen stahlblauen Augen, seine Stoppuhr in der Hand. Nach ein paar Hundert Metern, während derer ich das Gefühl habe, Charlie Chaplin in *Der große Diktator* zu karikieren, schreit er schließlich mit seiner schönen Baritonstimme auf: *„Stopp!"*. Und er schreibt etwas in sein Notizbuch.

Auch wenn die Briten zu Recht stolz auf ihren Tweed und andere Qualitätsstoffe sind, aus denen ihre Uniformen hergestellt werden, und natürlich nach Maß, sind sie für uns immer noch eine Welt für sich. Im Vergleich zu den Franzosen haben die Offiziere und vor allem die Unteroffiziere oft Klasse. Aber was ist mit der Truppe? Wenn wir Nachtdienst haben, hören wir Schlägereien im Hof, bei denen viele Sturzbetrunkene grölen. Es gibt darunter einige Soldatinnen, die ich hoffentlich nicht so bald treffen werde, geschweige denn allein und nach Sonnenuntergang.

Vor allem aber sind die Briten traditionsbewusst. Am Montagmorgen, vor dem Eingang des ASB, treffen wir manchmal auf den Kommandanten des Sektors, der sich mitten in einem informellen Gespräch mit seinen Truppen befindet: *„Also, guys, ich hörte, ihr habt am Wochenende das Big Eden*[18] *schon wieder zertrümmert?"*

„Aber, Sir, die Franzosen haben angefangen!"

„Das ist kein Grund! Ihr solltet euch außerhalb der Kaserne besser benehmen!"

---

[18] *Disko am Ku'damm*

„Verzeihung, Sir, aber ... sie haben Ihre Majestät, die Königin, beleidigt ..."

„Dann ist es ganz anders! Ich wünsche euch einen schönen Tag. Und gebt Acht, Jungs, niemand darf Ihre Majestät ungestraft beleidigen!"

Derselbe General, ein Liebhaber klassischer Musik, findet einmal pro Woche Zeit, im Philharmonischen Chor zu singen.

Ich habe einen komischen Job, der mir ein gewisses Maß an Freiheit gibt. Als Fahrer und Verantwortlicher des VW-Kleinbusses für die französischen Soldaten des ASB fahre ich allein spazieren von einem Sektor zum anderen, natürlich nur im Westen. Ich habe Passierscheine, um überall hinzugehen. Das ist sehr, sehr ungewöhnlich, denn wahrscheinlich bin ich der einzige im Quartier Napoléon, in Berlin, ja sogar in der Galaxie, der dieses Privileg besitzt.

Meine Missionen sind, wenn schon nicht militärischer Natur, höchst strategisch: *„Brigadier[19] Bouzac, Sie haben eine Stunde Zeit, um uns fünfzig süße Petits Fours zu bringen, drei Flaschen Champagner, gut gekühlt, und keinen Rachenputzer! Capito?"*

„Z'Befehl Chef!"

Mal organisiere ich die Blumen, mal Kaviar für die Alliierte Kommandantur. Das Lustige ist, dass sich während meines gesamten Wehrdienstes kein einziger General, keiner der Gastminister herablassen wird, auch nur einmal den Luxus-Champagner zu kosten, den wir ihnen standesgemäß servieren.

Alle trinken Wasser, höchstens Orangensaft. Es ist im Übrigen sehr lobenswert, diese Leute haben einen ernsthaften Job, was für eine gute Idee diese selbst gewählte Enthaltung ist. Dafür nehmen die Feldwebel aller Korps die Herausforderung gerne

---

19 Es ist nicht leicht in der Hierarchie vorwärtszukommen; das habe ich nun davon, den Besuch der Offizierschule abgelehnt zu haben.

an und trinken im Namen all derer, die es nicht tun können oder wollen.

Für uns Banausen ist diese Berufsausbildung als Champagner-Tester eine unerwartete Gelegenheit. Ich versuche immer, gute Tropfen auszuwählen und am besten eine Sorte, die ich noch nicht kenne, auch wenn es bedeutet, den Rat des Verkäufers beim *économat*, dem französischen Supermarkt der Streitkräfte, einzuholen, der unschlagbar ist. Ihr Weinkeller ist erstaunlich, ich kann mir nicht einmal einen Moment lang vorstellen, seinen Reichtum auch nach anderthalb Jahren harten Trainings ausschöpfen zu können.

Wo wir gerade von Drinks sprechen: Ich habe eine weitere ungewöhnliche Erfahrung gemacht. Als wir eine Gruppe von Journalisten für eine Pressekonferenz über die nächste Parade der Alliierten empfangen, sehe ich hilflos zu, wie das Buffet und der Champagner fast augenblicklich bis zum letzten Tropfen verschwinden. Diesmal können wir das Mineralwasser und den Orangensaft in aller Ruhe verkosten, da die Reporter - aus Angst vor einer Falle? - diese nicht angerührt haben.

Im Quartier Napoléon ist die Kantine sehr durchschnittlich. Es erinnert mich an die Uni-Mensa in Poitiers: Außer Brot und Pommes frites gibt es nicht viel Genießbares. Zumindest in Poitiers soll der Kantinenleiter, der sich früher großzügig selbstbedient hat, im Gefängnis gelandet sein.

Im britischen Viertel hingegen wird das Essen so ernst genommen wie die Kleidung, wir haben es mit einer Armee von Profis zu tun. Die Köche sind indisch, kenianisch oder aus sonst wo aus dem (ehemaligen) britischen Empire. Und sie wissen, wie man kocht. Es gab um diese Zeit nur wenige Orte in Berlin, an denen man ein so leckeres Curry genießen konnte.

Auch das insulare Frühstück hat keine Schwierigkeiten, uns das spärliche *petit-déjeuner* unserer geliebten Trikoloren-Truppe vergessen zu lassen. Deshalb sind sich die wenigen französischen Bidasses, die wir sind, schnell einig und bald essen wir alle jeden Tag, den Gott macht, bei den „*Engliches*", vom Frühstück bis zum Abendessen inklusive. *God saves the Canteen!*

Diese beispiellose Situation hat zwei unvorhergesehene Folgen. Erstens ist die britische Verwaltung schnell dabei, die Rechnung für unsere Mahlzeiten an die französische Administration zu schicken. Dort trauen die Empfänger dieser Botschaft ihren Augen nicht. Franzosen, die heimlich und freiwillig bei den Briten essen, das hätten sie nicht für möglich gehalten!

Unsere kulinarischen Gewohnheiten, oder besser gesagt meine eigenen, haben mir einen originellen Spitznamen eingebracht: *the Hairy Cake-eater*, oder der haarige Kuchenesser ... *The Hairy*, weil mein Bart all diese feinen Menschen beeindruckt, da das Tragen eines Bartes in den Armeen des *perfiden Albion* (so heißt auch bei uns Großbritannien) wie ebenso in den amerikanischen Truppen verboten ist. *Cake eater*, weil ich mich mit allen möglichen *scones with clotted cream* und anderen Himbeertörtchen vollstopfe. Man lebt höchstwahrscheinlich nur einmal, warum also sich die Freude verderben lassen. Zumal ich bei all dem sportlichen Training, das uns zusteht, kein Gramm zunehme. Außerdem sind die Kuchen *really delicious, indeed.*

Eine weitere Entdeckung, die mich immer wieder erstaunt: Die Käsewelt der Insel ist nicht sehr abwechslungsreich, aber einige Spezialitäten sind angenehm scharf, also echter Käse, vor allem Blauschimmelkäse.

Um auf meine Frisur zurückzukommen: Mein Bart war immer noch länger als meine Haare. Einem Briten verdanke ich es, dass mein Bart schlagartig anders aussah. Als ich zum ersten Mal zum sehr offiziellen Friseur des britischen Generalstabes gehe, der direkt aus dem Film *La cage aux folles* gekommen zu sein scheint, stellt er mir höflich die folgende Frage, nicht ohne mit den Augen zu rollen: *„Sollten wir diesen wildwachsenden Bart nicht ein klein bisschen stutzen?"*

Ohne mir Zeit zu geben, über dieses grundlegende Problem nachzudenken, greift er meinen Bart mit einer Schere brutal an und schon liegt ein Büschel Haare auf dem Boden. Ich kann nicht mehr viel tun, also ertrage ich stoisch das Martyrium.

Der Kerl ist bewaffnet und Brite, und solange er mich nicht auf dem Vorplatz einer Kathedrale bei lebendigem Leib verbrennt, kann ich mich glücklich schätzen ...

Ich gehe zurück ins Büro, sehr erleichtert, eigentlich unkenntlich. Auf dem Korridor überraschen mich die Kommentare von Brenda, einer Amerikanerin, deren Zähne so weiß sind, wie ihr Gehirn verkümmert ist, und vor allem die meiner netten britischen und französischen Kolleginnen: Es scheint, dass ich jetzt viel weniger hässlich bin als früher. Sicherlich ein Kompliment!

Aber es ist unmöglich, über meine Zeit mit den *Brits* zu berichten, ohne meine Teilnahme an einer prestigeträchtigen Veranstaltung zu erwähnen: Die *Ceremonial Parade* zu Ehren des Geburtstags Ihrer Majestät Königin Elizabeth II.

Gleich zweimal, am 30. Mai 1986 und am 27. Mai 1987, besuchte ich diese Veranstaltung, die wie aus einem anderen Zeitalter zu stammen scheint, auf dem treffend benannten Maifeld. Im ersten Jahr wurde das Inselkönigreich durch Prinz Charles und im zweiten Jahr, ein wahrer Gipfel des Glücks, durch Queen Elisabeth II. höchstpersönlich vertreten.

Als ASB-Mitglied habe ich einen Platz auf dem *Red Stand*, nur durch den *Blue Stand* voller VIPs vom königlichen *Gold Stand* getrennt. Ein angenehmer Platz, denke ich. Nahe genug, um alles gut zu sehen, aber weit genug im Fall eines Anschlags ...

Besorgt um die Erhaltung der *Entente cordiale*, habe ich trotz des geforderten Opfers all meine Schwerter und Medaillen zu Hause gelassen, wie es in der Einladung unmissverständlich heißt.

Mit dem Olympiastadion als Kulisse, inspiziert die Queen mit einem Lächeln im Gesicht, im rot-weißen Kostüm und mit Hut,

in einer langen schwarz-goldenen Kutsche, die zu diesem Anlass direkt aus den Kellern des Buckingham-Palastes eingeflo-
gen wurde, ihre Truppen. Crazy! Es fehlt nur noch der *„Pomp
& Circumstance March (am liebsten gleich die Number 1)"*.

*Einladung zu Ehren des Geburtstags Ihrer Majestät Königin
Elizabeth II, 27.05.1987, Maifeld, Berlin*

Nach der Parade sind die VIPs eingeladen, mit ihren Familien
zu feiern. Im Innenhof des britischen Hauptquartiers erstrecken
sich weiße Zelte, Grills und Bars, soweit das Auge reicht. Für
diejenigen, die noch nicht die Chance hatten, die letzten
Prachtstücke des Britischen Empires zu erleben, empfehle ich
den Film *A Passage to India* oder die Lektüre des gleichnamigen Romans von E. M. Forster, der als Vorlage diente.

Man kann für den Charme der Uniform unempfindlich sein, aber nicht für diese in der Luft lastende Selbstverständlichkeit, noch weniger für die perfekte Organisation und diesen grandiosen Sinn für Inszenierung. Kein Wunder, dass William S. ein halbes Jahrtausend nach seinem Tod der berühmteste Dramatiker der Welt ist!

Königlicher Vintage-Eindruck, 27. Mai 1987, Maifeld, Berlin

Bei den Amis

Was die Exotik betrifft, stehen die Amis den Briten in nichts nach. Als selbstbewusste Bürger einer Großmacht haben sie wenig übrig für europäische Manieren.

Eines Tages, als wir in den französischen Generalstab eingeladen werden, wird uns ein leckerer Couscous mit einer *Cuvée du Président* serviert, ein Rotwein aus Algerien, der nicht zu verachten ist. Mein Tischnachbar, ein junger Offizier, der frisch aus *West Point* kommt, lässt sich statt dieser ungenießbaren Nahrung Pommes frites und Cola bringen. Auf seine Art gibt er sich große Mühe, kultiviert zu sein, auch wenn es nicht danach aussieht. Die Cola des französischen Sektors wird in Deutschland produziert. Im amerikanischen Sektor käme niemand auf die abstruse Idee, auch nur eine Dose germanischer Cola zu trinken. Alle Getränkeautomaten funktionieren ausschließlich mit US-Dollars und spucken voller Stolz und lärmend echte Cola aus, die direkt aus den Staaten importiert wird. Vor diesen Automaten, die mich an überdimensionale Juke-Boxen erinnern, hat mir mehr als ein wohlmeinender Amerikaner zu erklären versucht, dass diese Art von Cola, insbesondere die diesseits des Atlantiks bisher unbekannte Diät-Cola oder, schlimmer noch, die Cherry-Cola, der Höhepunkt der Zivilisation ist. *Oh, come on, babe ...*

Einmal, und nur einmal, schmeckt mir amerikanisches Essen bei den Amerikanern und ich bitte um mehr! Es ist am *Thanksgiving Holiday*. Dank meiner ASB-Verbindungen gelingt es mir, in die tiefsten Traditionen der anderen Seite des Atlantiks einzudringen und ich habe Glück, denn in diesem Jahr kommt das Thanksgiving-Menü aus Louisiana. Dies erklärt vielleicht und höchstwahrscheinlich den Aufwand, den die Köche betrieben haben. Der unausweichlich gebratene Truthahn mit *Giblet Gravy* wird von glasierten Süßkartoffeln, *baked hubbard squash (was ist das bloß?)* und vielen anderen Köstlichkeiten begleitet, die das *Zero Salad Dressing* und die dazu servierte *Milk low fat* vergessen lassen sollen.

Manchmal amüsiere ich mich köstlich. Ich vermeide es so weit wie möglich, im Urlaub den französischen Militärzug zu nehmen. Er ist laut, von zweifelhafter Sauberkeit und hat die schlechte Eigenschaft, in Strasbourg zu landen. Strasbourg ist nicht gerade eine Abkürzung in die Charente. Deshalb nutze ich meine Position als ASB-Faulpelz aus und fliege mit einer Transall zum Stützpunkt in Orléans oder, wenn das nicht möglich ist, fahre ich mit dem amerikanischen Militärzug nach Frankfurt am Main und von dort aus mit einem zivilen Zug weiter Richtung Südwesten.

In der Zwischenzeit bin ich *Brigadier-Chef* geworden. Nichts, weswegen man einen Soldaten Zweiter Klasse auspeitschen müsste, werden Sie mir sagen. Das ist auch ganz meine Meinung, aber nicht die der Amis in ihrem freundlichen, gemütlichen Zug. Ich bin ziemlich alt für einen Rekruten, bärtig, falls Sie es vergessen haben, mehr oder weniger englischsprachig und, was schwerwiegender ist, ich trage das ASB-Abzeichen, zu der unter anderem das Sternenbanner gehört, und dazu noch bin ich *Brigadier-Chef*. Es versteht sich von selbst, dass es in der amerikanischen Armee keinen Brigadier-Chef gibt. Das Einzige, was zumindest phonetisch und für einen Mittelwest-Kaugummi-Kauer ein wenig so klingt, ist *Brigade General*. Sie haben es richtig gelesen, sie halten mich für einen Brigadegeneral!

No Problem! Ich bin nicht derjenige, der sie aufklären wird. Mir wird im US-Militärzug ein Abteil für mich allein zugeteilt. Regelmäßig kommt ein Soldat voller Respekt und erkundigt sich nach meinen Bedürfnissen. Zuerst lehne ich alles ab. Später, gefangen im Spiel, gönne ich mir ein oder zwei Drinks, bevor ich in den Schlaf der Gerechten falle. Ich erinnere mich nicht, dass ich je so gut im Zug geschlafen habe.

Auf dem Rückweg von Frankreich muss ich, wie alle Passagiere des Militärzuges, am Frankfurter Hauptbahnhof am Briefing der amerikanischen Soldaten teilnehmen, die aus der ganzen Welt ankommen und auf dem Weg nach West-Berlin sind, der einzigen Stadt am Fuße des Eisernen Vorhangs, in der sie in Uniform gehen können. Obwohl ein bisschen lang für meinen

Geschmack ist dieses Briefing sein Gewicht in Erdnüssen wert. Fragen und Antworten folgen aufeinander und ähneln sich ein wenig. Sie würden jeden TV-Talkmaster begeistern.

Frankfurter Hauptbahnhof, März 1987

Nach langem Warten, bis sie an der Reihe ist, stellt Staff Sergeant N. aus Houston, Texas - die an die berühmte gleichnamige Whitney erinnert und wie sie eine hübsche Frau ist - mit dem nötigen Ernst die Frage, über die sie den ganzen Weg aus den Tiefen des fernen Westens nachgegrübelt hat: *„Stimmt es, dass es in Berlin keine Zivilisten gibt, Sir?"*

„Häm, das ist nicht ganz die Wahrheit, Staff Sergeant. Die Wahrheit ist, dass es in dieser Stadt Menschen gibt."

„Zivilisten?"

„Positiv. Zivilisten."

„Vielen Dank, Sir."

Mitten im amerikanischen Sektor liegt das PX, das Äquivalent zu unserem schönen Économat. Die Auswahl der Weine ist in keiner Weise vergleichbar. Die Abteilung für T-Shirts, bunte Hawaii Sweatshirts, Rucksäcke und andere Gadgets *made in the USA* (damals gab es das noch), ist natürlich viel besser ausgestattet.

Heute ist wieder Mittwochnachmittag und die ASB Sportveranstaltung findet im amerikanischen Sektor statt, gegenüber dem PX, in der Nähe des Hauptplatzes, dem gleichen, an dem Anfang Juli das beliebte deutsch-amerikanische Volksfest anlässlich des US-amerikanischen Nationalfeiertags stattfindet, wie Ihnen sicher bekannt ist.

Eine Woche lang können West-Berliner einen Eindruck vom *American Way of Life* erhalten, denn alles, was sie sich unter dem Mythos USA vorstellen ist vertreten: Cowboys zu Pferd, aus ihrem Reservat entkommene Indianer, GIs in graugrünen Uniformen, die Silhouette eines Athleten und einer Frau am Arm, die wie *Bibendum,* das Michelin-Männchen, aussieht. Wenn es die Frau ist, die beim Militär dient, dann ist sie die Sportliche und ihr Mann ist der wandelnde MacDo-Burger.

Man trinkt schlechtes Bier, isst Maiskolben mit geschmolzener Butter und gegrilltem Huhn, das in Ketchup ertränkt wird, und tanzt zu Countrymusik. Eben alles wie in Amerika.

Die Aufnahmen auf den nächsten Seiten zeigen das Deutsch-Amerikanische Volksfest in Berlin im Sommer 1979. Fotografiert hat sie mein Freund, der gebürtige West-Berliner Christian Diedrich.

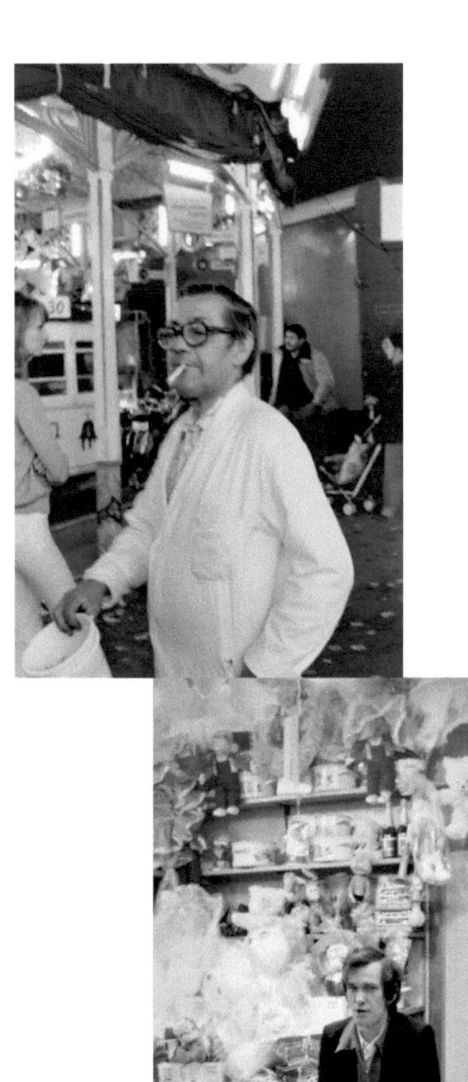

Für uns steht heute Bowling auf dem Programm „Alliierte Sportarten am Mittwochnachmittag". Bowling ist nicht mein Ding. Ich habe Ihnen bereits gesagt, dass meine rechte Hand wegen eines mysteriösen Unfalls nicht so doll ist. Beim Bowling habe ich immer das ekelhafte Gefühl, dass meine drei in der Kugel eingeklemmten Finger beim Wurf versuchen, mit der Kugel zu fliegen. Es mag nur ein Eindruck sein, aber es tut weh und trübt eindeutig meine Stimmung

Als ob das noch nicht genug wäre, gibt es ohrenbetäubende Supermarktmusik, die irgendein Idiot mit Mikrofon in einer verglasten Kabine zur Unterhaltung auflegt. Es dauert nicht lange, bis dieser gute Mann mich entdeckt: *„Die Nummer drei wird uns wieder in Erstaunen versetzen, schauen Sie ihn an!"*

Die Nummer drei bin natürlich ich. Als ich zum neunten Mal schieße, ohne einen einzigen Pin zu treffen, ist er außer sich vor Schadenfreude und verspricht eine Runde auszugeben, kichert dabei wie eine Hyäne, die an früher Senilität leidet: *„Wenn die Nummer drei beim nächsten Wurf einen Strike erzielt!"*

Mit anderen Worten, dieser Trottel, der wie ein kalifornischer Schwimmlehrer aus einer B-Serie aussieht, hält mich zum Narren. Der zehnte Wurf ist identisch mit den vorhergehenden: Ein Nullwurf, was unter uns gesagt gar nicht so einfach ist, wie man meinen könnte. Die Spannung fällt sofort ab. Niemand interessiert sich mehr für mich, nicht einmal der Dummie im Glaskäfig. Erst im elften Frame, beim nächsten Wurf, fallen die zehn Pins in einem Zug, in einem Strike, in allgemeiner Gleichgültigkeit.

Einige Tage später, als ich im amerikanischen Generalstab fasziniert zusehe, wie die *Stars and Stripes* nach den subtilen Regeln der Kunst gefaltet werden, ertappe ich mich bei dem Gedanken, selbstverständlich ganz in der mir eigenen Diskretion: Aber wie kommt es, dass die Amerikaner sich mit den Japanern oder zumindest mit den Indern nicht bestens verstehen?

Man muss schon blind sein, um nicht an die strenge Kunst des Origami zu denken, wenn das Sternenbanner, das gerade noch stolz im Wind flatterte, mit einem Stahlgriff in alle Richtungen gefaltet wird, um schließlich ein perfektes Dreieck zu bilden.

Und wenn das kein stilisierter Kranich ist, ohne Kopf und Flügel, dann ist es mit Sicherheit garantiert ein veganer Samosa ...

Aber was mich am meisten beeindruckt, ist die ungewollte Komik dieser Armee von selbst ernannten Planeten-Rettern.

Eines Morgens, als ich mein Büro betrete, begegne ich Joe, einem freundlichen Amerikaner, der perfekt französischsprachig und Spezialist für belgischen Humor ist. Er tippt gerade auf seiner Schreibmaschine und sagt Hallo mit einem Lächeln im Gesicht, wie er es jeden Tag tut. Aber heute trägt er einen Kampfanzug, seine Ausrüstung und Waffen liegen am Fuße seines Schreibtisches. Er hat seinen Helm auf dem Kopf und seine Gasmaske in Reichweite. Ich frage ihn, was los ist. Er antwortet mir leise, in Französisch und schwer verständlich, wahrscheinlich damit der Feind nicht mithört: *«Alerte rouge!»* Stille.

«Notre aviation va bombarder la Libye d'une minute à l'autre.»

«L'alibi?»

«La Lybie! Ils sont responsables de l'attentat de La Belle!»

«Ah.»[20]

---

20 „Alarmstufe Rot!". Stille.
   „Unsere Luftwaffe wird Libyen jeden Moment bombardieren."
   „Was für ein Alibi?"
   „Libyen! Sie sind für den Angriff auf La Belle verantwortlich!"
   „Ach."

Ost-Berlin, Sommer 1986, Auf dem Plakat oben: 13. August
1961 - 1986 - Ein Vorbild an Werkbank und Waffe

Unterwegs in West-Berlin mit der S-Bahn, Frühling 1987

Versöhnt

Der Élysée-Vertrag, der die deutsch-französische Versöhnung besiegelt - vielen Dank, Herr De Gaulle! Merci, Monsieur A-denauer! - hat in West-Berlin, dieser deutsch-französischen Insel in einem Meer deutsch-sowjetischer Freundschaft, ein ideales Versuchsfeld gefunden.

Der erste Platz in der sich nicht erschöpfenden Liste der Institutionen in diesem blühenden Gebiet geht an die Deutsch-Französische Gesellschaft (DFG), eine alte Dame, die zwischen den Weltkriegen und damit lange vor dem berühmten Vertrag geboren wurde. Kurz nach Ende des Ersten Weltkriegs legten Aristide Briand und Gustav Stresemann mit der Unterzeichnung der Verträge von Locarno den Grundstein für eine neue Phase der Versöhnung zwischen den beiden Ländern.

Die DFG wurde 1928 gegründet und erhielt von Anfang an die Unterstützung vieler Persönlichkeiten wie Konrad Adenauer (schon damals!), Albert Einstein, Otto Dix, Thomas Mann, Walter von Molo, Georges Duhamel und André Gide. 1934 wurde diese von den Nazis aufgelöst. Erst 1949 nahm sie ihre Tätigkeit wieder auf, lässt man die Zwischenzeit aus, in der sie eine bloße Marionette des NS-Regimes war.

Heute ist es selbstverständlich, dass die Besetzung Berlins durch die Alliierten der neuen Deutsch- Französischen Gesellschaft ihren Stempel aufdrückt. Ihr Hauptsitz befindet sich im *Maison de France* am Ku'damm, im westlichen Stadtzentrum und im britischen Sektor gelegen.

Da die überwiegende Mehrheit der Franzosen im Norden lebt, wie zufällig im französischen Sektor, wurde eine *Gruppe Nord* gegründet, die im *Centre Bagatelle*, einer schönen Villa in Frohnau, einem vornehmen und waldreichen Vorort des Bezirks Reinickendorf, zu Hause ist. Und für uns Bidasses wie für die West-Berliner Jugend im Allgemeinen gibt es die Jugendgruppe. Zum Glück, denn die Ku'damm-Sitzungen sind für meinen Geschmack recht verstaubt.

Der Kult der *Grande Nation* wird dort mit einer sehr ernsten germanischen Gründlichkeit gepflegt. Frankreich wird gleichzeitig als das Land der Aufklärung idealisiert, Ach, *Fol-tä-rö!*[21] Und so wird das Land der Freiheit, der Kunst und des *Savoir-vivre* auf die Rolle einer raffinierten, gepeitschten, gepuderten und parfümierten Kurtisane reduziert.

Niemand scheint sich auch nur eine Sekunde lang vorstellen zu können, dass in diesem märchenhaften und unwirklichen Land Motoren gebaut werden könnten. Wenn sie wüssten, dass mehr als eine Limousine, was sage ich da, mehr als eine Limousine *Made in West-Germany* (und damit nicht aus Limoges) mit einem *gallischen Antrieb* ausgestattet ist!

Dazu kommt, dass die Mitglieder der Gruppe Nord recht betagt sind - und wie gesagt jwd im Berliner Forst tagen. Nur die Jugendgruppe ist noch sehr aktiv. Bei jeder weiteren Rekrutenladung, d. h. alle zwei Monate, gehört sie zu den wenigen Vereinen, die ihr Angebot für die neuen Wehrpflichtigen in der Kaserne vorstellt. Die Jugendgruppe organisiert viele Aktivitäten *speziell für Bidasses*, wie Stadtführungen, Besuch von Ausstellungen und Konzerten.

Bei der Präsentation im Quartier Napoléon ist es oft Claudia, eine gut erhaltene Frau über dreißig, die den Charme der deutsch-französischen Freundschaft preist. Claudia hat bereits viel von sich gegeben und setzt sich weiterhin sehr persönlich ein. Einige Monate später traf ich sie bei einem Kulturabend. Nach ein paar harmlosen Worten lud sie mich ein, so wie *Femmes fatales* es tun: *„Komm zu mir nach Hause. Ich habe eine große Badewanne."*

Ich weiß nicht, wie die jungen Bidasses auf dieses verlockende Angebot reagieren (es gibt keine Badewanne in der Kaserne.), aber ich lache laut auf, was mir einen mörderischen Blick einbringt, welcher einen Korsen erzittern lassen würde. Danach übersah mich die schöne Claudia großzügig.

---

21 *Hiermit ist natürlich Voltaire gemeint.*

Alles in allem haben mir diese unprätentiösen deutsch-französischen Abende sehr gute Erinnerungen beschert. Der verrückten Situation der Zeit entsprechend sind diese Treffen jedoch etwas seltsam. Die Mehrheit der Franzosen ist gerade achtzehn Jahre alt, männlich, kommt aus den Vororten der Hauptstadt und spricht kein Wort Deutsch. Die Philharmonie, auch als Postkarte, ist nicht ihr Bier. Sie interessieren sich für Mädchen, Mädchen und wieder Mädchen.

Da trifft es sich gut, dass die Deutschen, den wir begegnen, fast alle ... Mädels, Pardon, junge Frauen, sind. Die meisten von ihnen studieren, sprechen die Sprache von Molière und Jacques Brel gut, wenn auch nicht immer perfekt. Sie sind Berlinerinnen und folgen der deutsch-französischen Freundschaft, als wäre sie eine Religion. Mit anderen Worten: Kommunikation ist zwar einfach, aber wie unsere städtische Insel voller Sackgassen, die auf eine unüberwindbare Mauer prallen.

Laut einschlägiger historischer Werke war die Motivation der Berliner Frauen für eine Annäherung an die Vertreter der alliierten Truppen unmittelbar nach dem Krieg meist rein materieller Natur. Das ist nicht mehr so. West-Berlin hat seinen Wohlstand längst wiedererlangt, und solche Geschäfte sind out, mit Ausnahme von Fachfrauen, die in dem sogenannten ältesten Beruf der Welt arbeiten, einem blühenden Handel am Rande des Quartier Napoléon. Diese jungen Frauen, meist Asiatinnen oder Osteuropäerinnen, sind dem Französischen gegenüber nicht nur kulturell aufgeschlossen.

Der kulturelle Unterschied zwischen Franzosen und Deutschen ist leider keine Ausnahme, sondern eher die Regel. Ein weiteres Beispiel ist das *Lycée Français - das Französische Gymnasium*. Diese angesehene Einrichtung blickt auf eine jahrhundertealte Tradition seit ihrer Gründung durch die Hugenotten zurück und bietet Jugendlichen aus beiden Ländern eine erstklassige zweisprachige Ausbildung an.

Die jungen Deutschen werden durch eine strenge Aufnahmeprüfung handverlesen, es gibt lediglich Streber. Für die Franzosen ist das Auswahlkriterium einfacher, sie brauchen nur einen dreifarbigen Reisepass. Das Ergebnis ist, dass (fast) alle besten Schülerinnen und Schüler Deutsche sind.

Ich nutze die Situation aus und komme über die Runden, indem ich den Kindern von Berufssoldaten Nachhilfeunterricht in Mathematik und Physik gebe. Diese Kinder unterscheiden sich nicht von denen, die ich jahrelang in der Charente am Wochenende unterrichtete. Die häufigen Umzüge, die mit dem Militärleben verbunden sind, haben ihnen die Schulausbildung nicht erleichtert. Das ist mir nicht fremd, da viele meiner ehemaligen Schüler, Kinder von Fliegern des Luftwaffenstützpunkts Cognac, den Tschad, Dschibuti und Französisch-Guayana viel besser kannten als die *Grande Champagne*.

Doch das erzwungene Zusammenleben mit Hochbegabten gelingt den durchreisenden Berlinern nicht. Einer meiner Schüler wird mir eines Tages angewidert anvertrauen: *„Die sind besser als wir in Mathe. Das ist OK."* - In seinem Fall war es wirklich keine große Leistung! - *„Aber sie sind auch besser als wir ... in Französisch"* (Seufzer)

Auf Einladung des Regierenden Bürgermeisters von Berlin und *„Aus Anlass des Tages der Alliierten Streitkräfte im Anschluss an das militärische Zeremoniell"* nahm ich zweimal als Vertreter des Alliierten Stabes Berlin an einem Empfang im Schloss Charlottenburg teil. Beide Male chauffierte ich den Kaki grünen VW-Bus vom Quartier Napoléon aus und zurück. Beim zweiten Mal fuhren auf der Rückfahrt vor wie hinter dem Bus je ein Berliner Polizeiwagen mit Blaulicht. Blau war nicht nur das Licht. Es war schon ein komisches Gefühl, reichlich beschwipst im Bullen-Sandwich durch die Stadt zu fahren.

Eines der wichtigsten Ereignisse auf der bilateralen Agenda ist das Deutsch-Französische Volksfest. Sie haben das richtig gelesen: das Wort "Volk" wird in diesem Mekka des internationalen Kapitalismus genauso überstrapaziert wie auf der anderen Seite der Mauer. Das fragliche Fest ist eines der vielen Rummelfeste, die die lokale Bevölkerung so liebt, erinnern Sie sich an meine Schilderungen über das Deutsch-Amerikanische Volksfest. Je kitschiger, desto besser.

Jedes Jahr werden auf einem unbebauten Grundstück am Rande des Flughafens Tegel einige Straßen des Stadtzentrums einer hexagonalen (das heißt kontinental französischen) Regionalhauptstadt in Sperrholz nachgebaut. Einen Monat lang gibt es in ununterbrochenem Wechsel Konzerte mit Militärmusik, Chören und Folkloregruppen. Man kann der Parade der Majoretten, dem Feuerwerk und noch weniger dem Ball - natürlich ist dieser *populaire* und damit des Volkes - am 14. Juli nur schwer entgehen.

Mein erster Besuch an diesem lauten und verrauchten Ort hat meinen gastronomischen Horizont erheblich und nachträglich erweitert. Auch auf die Gefahr hin, Sie glauben zu machen, dass ich mich nur für meinen Magen interessiere, muss ich gestehen, dass ich an diesem Tag ein wenig hungrig war, oder wie der große Voltaire zu sagen pflegte: *"Ga[22]"*.

Wie alle anderen stehe ich in der Schlange an einem Imbissstand und am Ende kaufe ich für eine bescheidene Summe eine erstaunliche, einzigartige Spezialität: Eine Tüte Pommes, die mit einer großzügigen Portion gegrillter und mit Ketchup gewürzter Froschschenkel bedeckt ist! Typischer geht's nicht. Aber typisch wat? *That is the question.*

Immerhin habe ich bei dieser Gelegenheit zum ersten Mal diese angeblich so französische Spezialität gekostet. Schmeckt wie Huhn, der nicht mehr ganz frisch ist.

---

22 *Für Francophone only: Réponse du philosophe à l'invitation suivante du roi de Prusse:*

P   à   ci
Venez   100
(Venez souper à Sans Souci.)
Réponse: Ga, soit: g grand a petit... (J'ai grand appétit)

Ga heisst wortwörtlich Großes G kleines a. Lautmalerisch: Ich habe großen Hunger. Damit beantwortete Voltaire die Einladung vom preußischen König, ebenfalls lautmalerisch formuliert: Kommen Sie zum Abendessen nach Sans-Souci.

Die schickste aller französischen Gastronomie-Einrichtungen ist der *Pavillon du Lac*. Ich war im Rahmen meiner harten Arbeit mehrmals geschäftlich dort. Essen, Ambiente und Service waren in der Tat ausgezeichnet. Jedoch durfte nicht jeder das exklusive Angebot genießen. Man musste dazu eingeladen werden, wie in allen französischen Restaurants.

Gefolgt vom etwas unpersönlichen *La passerelle* in der Cité Foch, wo das Essen sehr lecker ist, die Preise günstig sind und daher von französischen und deutschen Familien gerne besucht wird.

Es wäre ungerecht und sogar einfach nur skandalös, das Restaurant im *Foyer Berthezène*, ganz in der Nähe des Haupteingangs der Kaserne, zu vergessen. Diese bescheidene Kantine, die unter dem Dröhnen der Flugzeuge zittert, die ihr Dach kurz vor der Landung fast berühren, hat eine Vielzahl von Bidasses *en Begleitung*, d.h. mit ihrer Freundin made in West-Berlin, empfangen.

Oft isst die Auserwählte Schnecken oder trinkt Beaujolais zum ersten Mal in ihrem Leben. Was mich betrifft, so mag ich keine Schnecken, ob es *Cagouilles charentaises*, *Lumas poitevins*, große Tiere aus dem Burgund, weiße Zwergschnecken aus der Provence oder elsässische Weinbergenschnecken sind! Ich mache nur eine klitzekleine Ausnahme zu Weihnachten für schokoladenüberzogene Pralinenschnecken, und dabei auch nur für eine besondere Sorte.

Auch ich lerne die echten *Beaujolais-Weine* kennen und schätzen, die weder *nouveau* noch *village* sind: *Brouilly*, *Saint-Amour*, *Moulin-à-Vent* und all ihre Kumpel. Die Weinkarte im *Foyer du soldat* wie die Kantine im *Foyer Berthezène* eigentlich heißt, ist phänomenal und die Preise sind lächerlich.

Hier, wie auch in den anderen Restaurants der französischen Regierung, sind die *Bougnats* Könige. Und die *Bougnats* - die ja aus dem Zentralmassiv stammen - lieben ihren *Beaujolais*. Es ist erstaunlich, wie viel man in Berlin dazulernen kann.

Die Restaurants und Kaufhäuser der Stadt sind sehr an den Talenten der Bidasses interessiert, zumindest an den *echten*

französischen Fähigkeiten. Während einer Sitzung zur Berufs-
orientierung in der Kaserne sehen mich die Leute voller Mitleid an, wenn ich erkläre, ich sei Diplom-Geologe und Diplom-
Geograf. Meine *Licence*[23] in französischer, englischer und russischer Sprache und Kultur erwähne ich erst gar nicht. Gesucht
werden Konditoren, Sommeliers und Köche jeder Art. Der Rest
der Truppe kann gleich nach Frankreich zurückkehren oder
auch zur Hölle fahren.

Das Militär bemüht sich ständig, der Bevölkerung von den
Franzosen ein positives Bild zu vermitteln. Dies könnte der
Grund sein, warum sie das Rennen *Les 25 km de Berlin* erfunden haben. Auch ich als Vertreter der *Forces Françaises de
Berlin* nehme fast freiwillig an diesem Lauf teil, das im Olympiastadion stillvoll endet. Am Freitagabend erfahre ich, dass
ich am folgenden Sonntag laufen muss (Das ist ein Befehl!).

Die am Samstagnachmittag gekauften Schuhe retten mir den
Arsch. Sie sind sehr teuer, aber es kommt nicht in Frage, fünf-
undzwanzig Kilometer auf dem Asphalt mit den abscheulichen
Plastikschuhen der französischen Armeeausstattung zu laufen.
Am Montagmorgen plagen mich Gelenkschmerzen und ich
kann kaum einen Schritt vor den anderen machen. Aber ich bin
stolz darauf, in einer angemessenen Zeit und ohne zu schummeln die Ziellinie erreicht zu haben. Viele Schlaumeier fanden
es sehr clever, die U-Bahn zu nehmen, um den Lauf abzukür-
zen.

Ich war nie ein großer Läufer. Dafür habe ich weder die Figur,
das Rückgrat, noch die nötige Leidenschaft. Es gibt jedoch
einige Dinge, die mich seltsamerweise motivieren können, zum
Beispiel, wenn es regnet, die Strecke hügelig, schlammig oder
sandig ist, oder wenn sich unter den Teilnehmern ein notori-
scher Idiot befindet, mit dem ich noch eine alte Rechnung zu
begleichen habe. Tja, niemand ist perfekt!

Ich habe, wenn schon nicht gewonnen, so doch zumindest einen ehrenvollen Platz bei den Rennen erreicht, die von den

---

23 *Jetzt wäre es ein Bachelor.*

Ruder- und Rugbyklubs des Südwestens während meiner sportlichen Zeit in Cognac organisiert wurden. Das jährliche Langlaufrennen im Park François 1er nach einem kräftigen Schauer, bevor dessen unzählige, riesige uralte Eichen dem Sturm von 1999 zum Opfer fielen, oder die Tour auf sandigen Wegen um den Bordeaux-See, waren bis dahin meine größten sportiven Erfolge im Fach Laufen.

Abgesehen vom *25 km de Berlin-Lauf*, der leider keines der mich motivierenden Elemente aufwies, nehme ich bald an einem dienstlichen Cross-Country-Rennen in den Wäldern um die Waldbühne, direkt neben dem ASB, teil. *Corporal Pennibal*, der mir im Büro gegenübersitzt, ist ein Nostalgiker des britischen Empire. Als Kind hat er einen Besenstiel verschluckt und nun geht er mir mit seiner Arroganz, Hirnlosigkeit und vor allem mit seinen erbärmlichen Frauenwitzen gehörig auf die Nerven. Zudem ist er voller unerschütterlicher Überzeugungen. Eine seiner Überzeugungen lautet, dass er, Soldat seiner Majestät, Sohn eines Generals, wie Hermes mit Flügelschuhen ausgestattet, ein großer Läufer ist und ich nicht. Aber woher nimmt er das alles?

Zum Glück ist heute beim Cross-Country-Rennen der Boden recht rutschig, die Luft ganz schön frisch und die Strecke sehr hügelig. Kein gutes Terrain für Besenstiele. Ich komme auf den dritten Platz, weit hinter dem Erst- und Zweitplatzierten, einem Amerikaner und einem Franzosen, beide sind hervorragende Sportler. Aber gut hundert Meter vor meinem unerträglichen britischen Kollegen, der noch immer Albträume davon hat. Das hoffe ich zumindest. Mit meiner Bosheit hat er nicht gerechnet, oder wenn man so will, mit meinen verborgenen sportlichen Talenten. Ein trauriger Geselle! Aber immerhin hat er es geschafft, sich in mein deutsch-französisches Kapitel einzumischen!

So oder so, ich habe mir das Beste für den Schluss aufgehoben: Den deutsch-französischen Chor Berlin!

Der Deutsch-Französische Chor Berlin

Natürlich ging ich zum Chor, um K. besser kennen zu lernen, diese schöne Blondine, die mir eines Abends während der Grundausbildung wie im Traum erschienen war.

Über mein Debüt im Chor, nun, meinen ersten Auftritt als Zuschauer, wissen Sie Bescheid. Deshalb beginne ich meine Geschichte mit einer Probe an einem Dienstagabend im September. Die Chorproben finden im französischen Kulturzentrum Wedding statt, einige hundert Meter vom Haupttor unseres Resorts entfernt.

Der Berliner Chor war der erste von einem guten Dutzend deutsch-französischer Chöre, die im Laufe der Jahrzehnte gegründet wurden. Die Idee stammt von Bernard Lallemand, einem jungen französischen Diplomaten, der zur Hochzeit des elysäischen Booms in Berlin stationiert war. Michael, der derzeitige Dirigent, ist ein frankophiler Berliner, zugleich ein großer Liebhaber von Liedern und Folklore mit einem Faible für die Bretagne. Das von den Bidasses verlangte musikalische Niveau ist sehr niedrig. Gut für mich.

Es ist der menschliche Austausch, der Vorrang vor der Qualität der Musik hat. Darüber werde ich mich nicht beschweren, denn ich brauche beides! Nach ein paar zaghaften Versuchen werde ich zum Bass erklärt. Wie fast alle Männer sollte ich Bariton sein. Aber wie viele Baritone bin ich als Tenor noch schlechter als als Bass ...

Die Tenorstimme ist im Allgemeinen raffinierter als der Teil, der den Bässen vorbehalten ist, die in der undankbaren Rolle sind, die Lücken im Gesangsstück zu füllen. Im besten Fall singen sie die fehlende Note, um den Akkord zu vervollständigen. In der übrigen Zeit dienen ihre tiefen Stimmen dazu, den Rhythmus zu halten. Ihr beschränktes Vokabular, das aus unermüdlich wiederholtem *Lala*, *Tata* und anderem *Bumbum* besteht, stürzt Sänger und Zuhörer augenblicklich in das gesegnete Stadium der frühen Kindheit.

Witze und Meckereien beiseite: Mir gefällt es. Besonders die bretonischen Weihnachtslieder mit ihrem unwiderstehlich naiven Charme. Wir singen etwas klassische Musik: Brahms, Schütz und viele Volkslieder und Chansons aus dem französischen Repertoire. Wieder einmal dieses Ungleichgewicht. Es ist, als gäbe es weder französische Klassik noch deutsche Lieder!

Am Ende der Probe treffen wir uns auf einen gemeinsamen Drink in einem sehr netten kleinen Restaurant, *Gulliver*, das sich im nahe gelegenen Rehberge-Park befindet. Diejenigen von uns, die direkt von der Arbeit im Büro oder im Supermarkt zur Chorprobe kamen, nutzen die Gelegenheit zum späten Abendessen.

Der Deutsch-Französische Chor Berlin - in den 1980er-Jahren, irgendwo in Westdeutschland auf Reisen

Im Chor geht es nicht allein darum, zu singen, sondern auch ums Kennenlernen, ums gemeinsame Reisen, um zwanglos miteinander zu essen, Teil einer neuen Familie zu sein. Und es ist eine neue Familie, die genauso gerne tanzt wie sie singt. Wer hätte gedacht, dass es hilft, nach Preußen zu gehen, um die *bourrée auvergnate* und den *an dro* tanzen zu lernen? Oder nach den Weihnachtskonzerten der Alliierten im Keller des amerikanischen Offiziersklubs *Harnack-Haus* unter den staunenden Augen der Amis *La java bleue*, *Le temps de vivre* und *La langue de chez nous* aus einer Kehle zu singen?

Kein Wunder, dass die bilaterale Ehestatistik des Chores für Aufsehen sorgt. Es ist ganz einfach: Wenn es in beiden Ländern so viele deutsch-französische Paare gäbe wie in diesem gemütlichen Kokon, dann würde es genug sein, um Belgien und Luxemburg zu bevölkern.

Falls die Neuankömmlinge, die jungen Chorsänger auf beiden Seiten, irgendwelche Zweifel diesbezüglich haben, so ist das Präsidentenpaar dazu da, ein eindeutiges Beispiel zu geben. Jean-Jacques war Bidasse, als er der Gruppe beitrat. Seine Frau Christiane gehört zu den West-Berlinerinnen, die von der Lebensweise der Franzosen angezogen wurden. Die nächste Generation ist bereits unterwegs.

Im Chor treffe ich Berlinerinnen und Berliner unterschiedlichen Alters und mit vielfältigem Hintergrund. Nicht alle beherrschen die Sprache von Racine und Coluche perfekt, aber sie alle teilen die gleiche jugendliche Begeisterung für die Freude am Zusammensein.

Ich verspreche es Ihnen, eines Tages, wenn ich alt bin, werde ich ein Buch über den Deutsch-Französischen Chor Berlin schreiben.

Viele Jahre später und obwohl ich aus „Zeitmangel" nicht mehr singe, außer unter der Dusche (nicht oft und wenn, dann meist falsch), treffe ich regelmäßig viele Bekannte aus dieser Zeit, angefangen bei meiner Frau, die ich jeden Tag sehe, wenn ich nicht gerade auf Dienstreise im Ausland bin, zum Beispiel in Paris.

Aber lassen Sie uns nach Berlin zurückkehren; in die Zeit vor dem Mauerfall, in eine Zeit, in der noch alles offen war.

Der DFC Berlin im Konzert, Dorfkirche in Brandenburg

Tanzabend, irgendwo in Westdeutschland, 80er-Jahre
(Fotograf unbekannt)

Versöhnt?

Als ich heute das Büro verlassen wollte, übermittelte mir Kommandant Dublanc folgende Nachricht mit unterdrückter Stimme und ohne von seinem Schreibtisch aufzuschauen: *„Heute Abend empfiehlt es sich, die Kaserne und ihre Umgebung zu meiden."*

„Vielen Dank, mon commandant!"

Gleich danach lief er würdevoll dem Ausgang entgegen.

Ich muss geträumt haben, muss Stimmen gehört haben. Mindestens eine. Was könnte heute Abend bloß passieren? Meteoritenregen? Nur auf das Quartier Napoléon? Das wäre ja ziemlich lustig. Sagen wir, kurios.

Was war geschehen? An einem schönen Sonnentag Ende April wurden wir von einem Regenguss überrascht. Klatschnass erreichten wir unsere Unterkunft. Es war spät geworden und so legten wir uns nur notdürftig getrocknet ins Bett. Am Morgen darauf erfuhren wir im Radio, dass unsere Dusche vom Vortag radioaktiv war. Denn sie kam direkt von Osten, gleich nach diesem Unfall, diesem großen Tschernobyl-Bullshit.

Nachdem ich sie informiert hatte, waren sich alle Kumpel einig: Die Botschaft ist klar, heute Abend wird im Quartier gefeiert. Eine große Überraschungsparty. Hohe Alarmbereitschaft!

Drei Minuten, um in den Kampfanzug zu schlüpfen, den Rucksack zu schultern und die Treppe runterzulaufen, um die FA-MAS und Munitionen aus dem Waffenlager im Keller zu holen. Dann Versammlung vor dem Eingang des Hauptquartiers, Einstieg in die Lastwagen und los geht's zur Nachtwaldwanderung! Stimmung und Schlaflosigkeit garantiert.

Wir eilen ins Quartier, ziehen unsere Zivilkleidung schneller an, als wenn der Alarm bereits ausgelöst worden wäre, und verstreuen uns sofort in der Wildnis, jeder für sich, da Gruppen kahlrasierter, französisch sprechender Jugendlicher von unseren Aufpassern schnell entdeckt werden.

Gerade als ich wissentlich vor dem Dienst fürs Vaterland fliehe, immerhin auf Empfehlung meines ausgesprochen seriösen Chefs, welcher entweder mit uns Erbarmen hat oder mich morgen nicht den ganzen Tag im Büro schnarchen hören will, werde ich unwissentlich eine Erfahrung erleben, die der großen Epen der Antike würdig ist.

Es beginnt extrem banal. Ich nehme die U-Bahn Richtung Innenstadt, stelle mich in eine Ecke und mache mich ganz klein. Drei Bidasses, die gleichzeitig mit mir eingestiegen sind, lassen keinen Zweifel daran, dass sie über den Sturm, der sich in der Kaserne zusammenbraut, weit weniger gut informiert sind als es Ihr Erzähler ist. Das ist nicht der einzige Unterschied zwischen ihnen und Brigadier-Chef Bouzac auf der Flucht.

Diese drei Menschen mit glänzenden Schädeln verschwenden keine Sekunde, als sie zwei junge einheimische Schönheiten entdecken. Sofort fangen sie an Witze zu machen. So nennen sie wahrscheinlich ihr Geschrei mitsamt ihren Bemerkungen, allesamt weit unter der Gürtellinie. Wie es in solchen Fällen allzu oft der Fall ist, ist niemand am Geschehen interessiert. Ich bin auch nicht wirklich scharf darauf. Wegen dieser Idioten will ich nicht von der Militärpolizei entdeckt werden. Das könnte leicht mein Eintrittsticket für die Freiluftparty werden!

Aber ihre Opfer, schüchterne junge Mädchen, die offensichtlich kein einziges der großartigen poetischen Bilder kennen, die von diesen Urmenschen verwendet werden, haben die Botschaft dennoch sehr gut verstanden; eine ziemlich klare Botschaft, das gebe ich zu.

Verlegen erröten sie von einem Ohr zum anderen, was unsere Eroberer nicht entmutigt. Ganz im Gegenteil. Sie sind erregt. Der Größte des Trios wird aktiv und umarmt eines der beiden Mädchen brutal. Sie erstickt nur schwer einen Schrei. Ohne aufzustehen und sogar, ohne es zu wissen, höre ich mich mit fester Stimme, die keinen Widerspruch duldet, zu meinen drei bedauerlichen Landsleuten sagen: *„Ihre Militärausweise!"*

Ein unbestreitbarer Vorteil der Armee, ist die automatische Anerkennung der Autorität. Ob sie nun echt ist, oder nicht, spielt keine Rolle. Die drei Wölfe verwandeln sich augenblicklich in Lämmer, stehen auf und geben mir ihre Ausweise ohne ein Wort.

Ohne die Burschen eines Blickes zu würdigen, studiere ich in bester John Wayne-Manier die Trikoloren-Ausweise und befehle: *„Setzen Sie sich und lassen Sie die Zivilisten in Ruhe, sonst bekommen Sie es mit mir zu tun!"*

Zwei Tage später, als ich das Hauptquartier früh verlasse, um den Kombi aus der Garage zu holen, komme ich ganz in der Nähe des Ausbildungszentrums der Kommandotruppe vorbei. Ihr Training ist legendär und hat viele Anhänger. Einige von ihnen, darunter auch US-Amerikaner und Briten, werden nach Berlin auf eigenem Wunsch verlegt, mit dem einzigen Ziel, eines Tages zu glücklichen Spielern im Rambo-Klub zu gehören.

Die wilden Lehrlinge sind in Tarnanzug gekleidet, ihr Gesicht bemalt. Von riesigen Rucksäcken zerquetscht, gruppieren sie sich am Fuße des Parcours, der ersten Etappe der Hindernisbahn, und hören ihrem Ausbilder aufmerksam zu. Unter den etwa fünfzehn Gorillas fallen mir drei auf, die nicht besonders konzentriert sind und lieber Unsinn miteinander reden, wahrscheinlich, um sich gegenseitig zu motivieren.

Sie werden schnell vom Ausbilder zur Ordnung gerufen, der *„Nicht die Absicht hat, sich wegen einer Handvoll Schwätzer zu wiederholen"* (ich übersetze für Sie).

Aus den Augenwinkeln verfolge ich die Szene von der anderen Straßenseite und erkenne sofort die drei Abenteurer von neulich Abend auf der Suche nach Frischfleisch.

Von diesem Tag an nehme ich eine andere Route, um zur Garage zu gelangen. Die Umgebung des Trainingszentrums meide ich konsequent. Zum Glück sah ich diese drei Kreaturen mit verkümmerten Gehirnen nie wieder.

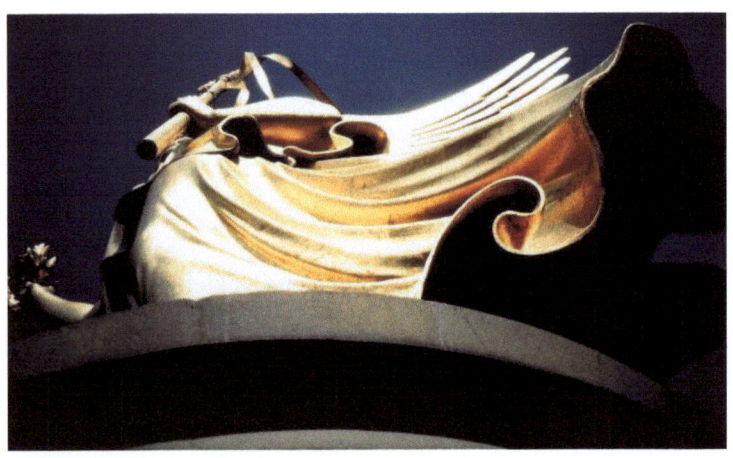

Die Siegessäule, Sommer 1989

*Die vier bronzenen Reliefs am Sockel stellen die drei „Eini-
gungskriege" und den „siegreichen Einzug der Truppen in
Berlin im Jahr 1871" dar. Auf Verlangen der französischen
Besatzungsmacht wurden die Reliefs 1945 entfernt. Drei von
ihnen wurden nach Frankreich verschleppt. Präsident
François Mitterrand gab diese bei seinem Besuch West-Berlins
im Mai 1987 anlässlich der 750-Jahr-Feier Berlins zurück.*

This wall will fall[24]

Mittwoch, 3. Juni 1987

Während der nachmittäglichen Dienstbesprechung teilt uns unser Chef mit, dass wir am Freitag nächster Woche in leichter Zivilkleidung ins Büro kommen müssen.

„Dies ist ein Befehl!" glaubt er betonen zu müssen.

„Als ob wir zum Angeln gehen!" wiederholt der fette Major Smith, der auf seinen guten Witz sehr stolz ist. Commandant Dublanc verdreht jedes Mal die Augen bei so viel Humor.

„... zum Angeln gehen ..., zum Angeln gehen!" hört man ihn murmeln. *"Als ob wir zum Angeln gehen! Diese Amerikaner, also ehrlich ... Warum nicht gleich wie beim Baseballspiel, wenn wir schon dabei sind?"*

Die leichte Kleidung müsse korrekt sein, präzisiert er am Ende des Briefings, *britisch*, ähnlich wie eine Sommeruniform, nur in zivil, wagt er hinzuzufügen und hofft dabei auf insulare Unterstützung.

„Wir werden gemeinsam einen für uns reservierten Stadtbus nehmen. Einen gelben Bus wie die anderen BVG-Busse. Allerdings wird dieser Bus auf der Strecke nicht anhalten. Das wird aber niemand wissen. Wir nehmen an einer äußerst wichtigen Veranstaltung der Alliierten teil. Draußen. Sofern das verflixte Berliner Wetter uns nicht zum Narren hält! Wir werden ganz vorne sitzen, direkt hinter der Ehrentribüne.

Vergessen Sie nicht zu klatschen! Und benehmen Sie sich vernünftig. Aber schauen Sie entspannt. Die Leute sollen annehmen, dass Sie begeisterte Berliner sind. Und zwar West-Berliner, die gekommen sind, um ihrem lieben US-Präsidenten die Ehre zu erweisen."

---

24 Oder: *"Good job, Mr. Robinson!"* So hieß der Verfasser der Rede, die Ronald Reagan 1987 in Berlin gehalten hatte.

Einladung des Berliner Senats (hier unter meinem Pseudonym)
anlässlich des Besuchs Seiner Exzellenz des Präsidenten der
Vereinigten Staaten von Amerika

Begeistert und englischsprachig sollte der Berliner also sein. Es
ist wohl bekannt: Die Berliner haben eine große Klappe. Aber
ist sie polyglott, diese Klappe? Diese letzte Bemerkung ist *off
record*. Ich, Brigadier-Chef Bouzac höchst persönlich, denke
all das ganz im Stillen für mich, während ich in mein Büro
zurückkehre. Noch ein Remake von *„Ische ben en Bärlinä"* in
Aussicht?

Ich widme mich jetzt meiner Lieblingsbeschäftigung und fülle
einige Bestellformulare für Büromaterial aus. Keine Armee
gewinnt Kriege ohne Kuli. Ich schaue nach, ob der schreckli-
che amerikanische Instantkaffee und sein unzertrennlicher
Kompagnon, *creamer* genannt, noch bis zum Ende der Woche
reichen. Im Vorratsraum sind die Regale überfüllt mit riesigen
blauen *Instant Coffee* Metalldosen und kleinen braunen Glä-
sern mit weißen Deckeln, so weiß wie das darin enthaltene
Pulver.

Alles in Ordnung? Nein, es fehlt Zucker. Was wäre dieses fabelhafte Heißwasser-Pulvergetränk ohne Zucker? Ich erteile einen Auftrag und führe einige jener Verwaltungsaufgaben aus, die der alliierten Präsenz in Berlin zur Ehre gereichen.

Dann verabschiede ich mich vom abscheulichen Corporal Pennibal, von Joe und von unserem gemeinsamen Vorgesetzten, dem rätselhaften Kommandanten Dublanc.

Auf dem Flur des ASB grüße ich verstohlen die unnahbare Sergeant Black. Diese treffend benannte Beauty mit dem strengen Gesicht und der perfekten Figur nimmt die Weißen erst ab dem Rang eines Colonels wahr. Wie schade! Zumindest denke ich das und bin mit meinem Bedauern nicht allein. Ich teile es mit der Handvoll French Bidasses, die - wie es in den Büchern steht - für *interkulturelle Kommunikation* im Alliierten Stab zuständig sind. Aber das werde ich erst viel später erfahren.

Mit dem Kombi, der unter meiner Verantwortung steht, fahre ich zurück zum Quartier Napoléon. Seit einem Unfall, der mir viele Probleme eingebrockt hat, behandle ich das Gefährt sehr behutsam. Denn das Gesetz ist zwar grundsätzlich für alle gleich, macht aber Ausnahmen. Wenn zum Beispiel ein alliiertes Fahrzeug, das von einem Bidasse gefahren wird, mit einem Zivilfahrzeug zusammenstößt, hat immer der Fahrer des Ersteren Schuld. So werden unsere lieben Berliner Zivilisten verhätschelt.

Wenn er auch nur den kleinsten Unsinn anstellt, landet der Rekrut in Münsingen - nicht zu verwechseln mit Göttingen[25]! - auf einen großen Truppenübungsplatz, der irgendwo im Südwesten Deutschlands liegt - und zwar als Statist in der endlosen *Schwabenoper „Das große Manöver"*. Natürlich würde ich diese Region gerne besuchen, sie einfach mit *meinem Südwesten* vergleichen, und endlich Heidelberg und Tübingen mit eigenen Augen sehen, aber nicht unter diesen Umständen.

---

[25] *Durch das gleichnamige Lied der französischen Sängerin Barbara seit 1964 ein Symbol für die deutsch-französische Versöhnung.*

Freitag, 12. Juni 1987

Doch was Tourismus angeht, so steht für mich jetzt nur Berlin und immer wieder Berlin auf der Tagesordnung. Diesmal geht es nicht einmal in den Osten. Der Treffpunkt ist genau an der Grenze, vor dem Brandenburger Tor - kaum zu verpassen, zumal wir nicht die Einzigen sind.

Früh am Morgen wartet der angekündigte Bus im Hof des Alliierten Stabs auf uns. Als Zivilisten verkleidet steigen wir in Reihen ein, je zwei auf einmal. Mit unseren nicht sehr vielfältigen Frisuren. Und im Gleichschritt. Ich weiß nicht mehr, wer *„Weggetreten!"* schreit. Ohne jede Wirkung. Die Fahrt vom Olympiastadion ins Zentrum dauert eine Ewigkeit. An jedem Baum steht ein Bulle, an den größeren Bäumen zwei. Berliner Polizei und Militärpolizei in allen Schattierungen.

Ich weiß noch, wie die Berliner Polizei-Reserve mir einen Schreck eingejagt hat, als ich allein in meinem Kombi (Vorschriftgemäß?) den Wald in der Nähe des amerikanischen Hauptquartiers durchquerte und ich mich blitzartig mitten in einem Manöver befand. Oder mitten im Krieg? Egal, wie sehr ich mein Gehirn marterte, diese ulkigen Uniformen kannte ich nicht. Sie gehörten weder den West-Alliierten noch der Gegenmannschaft! Marsmännchen? Es hatte sich nicht wirklich gelohnt, alle im besetzten Deutschland gebräuchlichen Uniformen von der Marine bis zur Luftwaffe auswendig zu lernen. Ganz einfach, es war die West-Berliner Polizei-Reserve, die mit ihren Stadtkampfpanzern zum Luftschnappen in den Grunewald gefahren war. Die hätten doch Bescheid sagen können! Schon deshalb, da sie weit mehr waren als wir. Und echt schicke Kampfanzüge trugen. Aber für unsere Chefs durften sie - genau so wenig wie die NVA - überhaupt nicht existieren. Und deshalb fehlten sie in der Uniformen-Kartei. Heute stehen sie nichtsdestotrotz auf unserem Weg zum Brandenburger Tor am Straßenrand.

Unser Bus bahnt sich seine Schneise durch die Menschenmenge auf der Straße des 17. Juni und setzt uns neben dem vor dem Brandenburger Tor errichteten Podium ab. Mit preußischer

Disziplin nehmen wir in der zweiten und dritten Reihe auf der rechten Seite Platz. Immer mehr Leute strömen in unsere Richtung. Oder reihen sich vor verräucherten Fressbuden in Schlangen ein. Curry-Wurst oder Erbsenpüree? Schwer zu sagen bei dieser Entfernung. Es spielt sowieso keine Rolle. Wir dürfen unter keinen Umständen unsere Plätze verlassen.

Die Lautsprecher lassen uns jede Sekunde die Ankunft des Helden hautnah miterleben. *„Er ist gerade gelandet ... - Er erreicht gleich den Reichstag ... - Er ist gleich da!"* Als er schließlich ankommt und die Stufen des Podiums hinaufstürmt, bejubeln ihn 25.000 Berliner - die meisten von ihnen sind echt - wie einen Popstar.

Mr. President ergreift für eine halbstündige Predigt das Wort. Er spricht von Geschichte und erzählt Geschichten. Zitiert Marshall, Chruschtschow und von Weizsäcker. Plötzlich wendet er sich dem Erfinder der neuen *Glasnost* zu und treibt ihn in die Enge: *„If you seek peace ..., Mr. Gorbatchev, tear down this wall!"*

Die Begeistertsten unter den Reagan Fans trauen ihren Ohren nicht! Er hat's gewagt ... Laut träumend fährt er fort. Neue Luftkorridore, Olympische Spiele in beiden Stadthälften Berlins ... Warum nicht. Doch das ist vielleicht nicht die beste Idee, um die Nachbarn zu beruhigen.

Die Luftkorridore kenne ich nur zu gut. Und hasse sie aus tiefstem Herzen. Mir ist nach wie vor ein Rätsel, warum nach mehr als vierzig Jahren kein einziges alliiertes Flugzeug von den Sowjets abgeschossen wurde. Die irgendwo in Schöneberg in einem Gebäude mit prächtiger Kolonnade untergebrachte Luftsicherheitszentrale[26] ruft uns immer wieder nachts an. Und zwar jedes Mal, wenn es eine Verspätung gibt oder ein Flugzeug von der genehmigten Route abgewichen ist. Das heißt, sehr oft. Und sie erwarten vom halb verschlafenen französischen Bidasse - der amerikanische oder britische Offizier ruht oder, schlimmer noch, er sieht sich ein Basketball-Spiel im

---

26 *Vor dem Krieg und nun auch wieder Sitz des Berliner Kammergerichts*

Fernsehen an - eine sofortige Reaktion: *Identifizierung des Korridors und des Flugzeugs, Flughöhe ...* All dies in Englisch, Amerikanisch, Texanisch, Pidgin-Englisch oder einem anderen verwandten Dialekt. Die Nacht darauf habe ich deswegen immer Albträume. Meist huste ich dabei. Der *Dutyraum* ist wie ein Eisschrank. Angeblich vertragen unsere bunten Telefone das Berliner Klima nicht. Hätten sie Tucholsky gelesen (Ja, der schon wieder!) wüssten sie, dass es *in Berlin gar kein Wetter gibt.*

Nun, so weit sind wir nicht. Ronald W. Reagan, als amerikanischer Präsident mal bewundert, mal gehasst, erzählt uns das Märchen von *"Berlin, Stadt der Liebe"* und wärmt die Story vom Riesenkreuz auf der Kugel des Fernsehturms in Ostberlin auf. Ronald beendet seine Rede gekonnt. Er zitiert ein Graffiti, das er auf einer Wand des Reichstags gelesen habe und das vermutlich das Werk eines jungen Berliners sei: *„This wall will fall!"*

Juni 2004

Berliner Freunde, soeben ist *Mr. President* verstorben. Seien wir, ob wir nun daran geglaubt haben oder gegen alles waren, ehrlich: Dieses eine Mal hatte der alte Cowboy recht.

Fernsehturm, Alexanderplatz, Berlin, August 2005

Alliierte

Die Welt der alliierten Streitkräfte in Berlin ist voller Überraschungen. Kein Tag vergeht, an dem ich nichts lerne. Konfuzius[27] wäre stolz auf mich!

Ich verlasse mein Büro auf dem Weg zum Übersetzerbüro, weil ich dort etwas fragen will. Ich bin fast da, als sich der ASB-Haupteingang ohne Vorwarnung öffnet. Ein unheimlicher Uniformierter der dritten Art tritt ein. Wir tauschen Blicke aus. Seine graue Uniform ist mit goldenen Sternen bedeckt. Da ich diese Irrlichterscheinung nicht identifizieren kann, denke ich nicht weiter nach, sondern stehe stramm, salutiere automatisch und stottere so etwas wie: *„Meine Hochachtung ... mein General!"*

Der fragliche General lacht sich kaputt. *„Du hast Recht, Junge, ich bin schon General. Aber ich bin vor allem Kaplan der belgischen Armee. Vergiss das Salutieren!"* sagt er, als er mit breitem Lächeln auf den Lippen in die Tiefe des alliierten Hauptquartiers verschwindet.

Heute Abend ist der erste meiner *Alliierten Weihnachtsliederabende*. Ich bin doppelt involviert, als prominenter Sänger im Deutsch-Französischen Chor Berlin und als Organisator, da für die Durchführung dieser PR-Maßnahme für die Bevölkerung der ASB verantwortlich ist. Wir singen in der *„église cassée"*, der *„zerbrochenen Kirche"*. Dies ist der respektlose Name, den die Franzosen der Ruine der ehemaligen Kaiser-Wilhelm-Gedächtnis-Kirche gegeben haben, einer Kirche, die in ein Mahnmal gegen den Krieg verwandelt wurde. Die Berliner sind angeblich nicht besser. Sie bezeichnen den Glockenturmstumpf dieser Kirche als *„hohlen Zahn"*.

---

27 *„Der Mensch hat dreierlei Wege, klug zu handeln: Erstens durch Nachdenken, das ist das Edelste, zweiten durch Nachahmen, das ist das Einfachste, und drittens durch Erfahrung, das ist das Bitterste."*

Aber darum geht es jetzt nicht. Unvermittelt steht einer meiner Vorgesetzten in voller Montur vor mir. So erstaunt ich auch bin, dieser bisher für mich vor allem als freundlicher Segelenthusiast bekannte Offizier erweist mir die immense Ehre, mir die Bedeutung seines besonderen Outfits zu erklären.

Er sei Schotte und gehöre einem Clan an, der seit dem zwölften Jahrhundert bestehe. Einer seiner Vorfahren habe zu den Adligen in Schottland gehört, die Macbeths tragischem Schicksal hilflos zusahen. Obwohl er den Kilt für diesen Anlass zu Hause im Schrank gelassen hat, lässt das an seiner Kopfbedeckung befestigte Stoffband keinen Zweifel an seiner nordischen Herkunft aufkommen. Auch seine Hosen sind aus dem gleichen dunkelgrünblauen Stoff mit Karomuster hergestellt. Bis jetzt kann ich seinen Ausführungen folgen.

Aber was meine Aufmerksamkeit auf sich zieht, ist eine echte (ausgestopfte?) Tigerpfote, die auf seiner linken Schulter ruht. Der Colonel R. erklärt mir, ein leicht herablassendes Lächeln auf den Lippen: *„Dies ist in Erinnerung an meinen Vorfahren Colonel R., der die Schlacht von X. im Königreich Indien für sich entscheiden konnte. Die Kaiserin überreichte ihm persönlich diese Trophäe als Dank."*

Logical, indeed. Dann dreht er sich um, bückt sich elegant und zeigt mit dem Finger auf seinen linken Fuß, wie er es für ein Kunstwerk im Museum tun würde: *„Es ist ein bisschen wie dieser Silbersporn. Er wurde meinem Vorfahren von Seiner Majestät James II., König von Schottland, in Anerkennung seiner Tapferkeit im Dienste Seiner Majestät 1452 persönlich überreicht."*

Bei so viel Tradition und Ahnenstolz fehlen mir die Worte. Wir gehen alle zurück und überprüfen, ob die letzten Vorkehrungen für das erste Konzert - es sind drei Liederabende hintereinander geplant - wie angewiesen durchgeführt wurden. Die Aufführungen wurden ein voller Erfolg: Wo werden sonst die berühmtesten Weihnachtslieder aus vier Ländern, fünf Ländern, zählt man die Bretagne hinzu, hintereinander mit so viel Inbrunst gesungen?

Es ist Sommer, und seit Tagen ist es schwülwarm mit Temperaturen von über 35 Grad Celsius. Das gesamte ASB-Personal ist zum Grillabend eingeladen, in eine Villa am Rande des Grunewalds. Unser Chef ist ein amerikanischer Oberst, der in mehr als einer Hinsicht bemerkenswert ist. Colonel Dylan spricht fließend Französisch und Deutsch.

Alle sind in leichter Kleidung unterwegs, obwohl die Wettervorhersage eine plötzliche Abkühlung angekündigt hat. Aber so weit kommt es noch, dass wir der Wettervorhersage Glauben schenken! Sobald die Sonne hinter den nahen Baumkronen verschwindet, fällt das Thermometer knapp unter zehn Grad. Sie haben das richtig gelesen. Als es mir in meinem herrlichen kurzärmeligen Nylonhemd kalt wird, gehe ich ins Haus des Colonels, um mich aufzuwärmen.

Offizierswohnungen sind mir nicht unbekannt, auch wegen des Nachhilfeunterrichtes, den ich ihren Kindern erteile. Aber jetzt bin ich von der Gestaltung des Wohnzimmers ganz schön verblüfft. Der Raum ist voll von moderner Kunst, Gemälden, Skulpturen und Ausstellungskatalogen. Vertieft in einen dieser Kataloge spüre ich eine Präsenz in meinem Rücken. Es ist der Hausherr, der mich fragt, was ich von diesen Werken halte. Er spricht mit mir über die Ausstellung und den Künstler, einen langjährigen Freund.

Ich beobachte meinen Vorgesetzten, natürlich diskret. Mit seinen sanften blauen Augen und seiner ruhigen Stimme könnte er selber als Künstler, Lehrer oder Forscher durchgehen. Aber er ist in Uniform, und ich verweile einen Moment auf dem Emblem, das sein Hemd ziert. Ich habe es schon einmal irgendwo gesehen, aber wo?

Ein paar Tage später erhalte ich zufällig die Antwort auf meine Frage während eines der berühmt-berüchtigten Videoabende im Hauptquartier. Der schwarze Pferdekopf auf der Uniform des Obersts ist derselbe, den die Helden des Films *Apocalypse Now* tragen. Es ist das Symbol der luftgestützten Spezialeinheiten, derselben, die von ihren Hubschraubern aus die Buschdörfer in Vietnam beschossen und mit Agent Orange bombardiert haben.

Der stellvertretende Leiter des ASB ist Franzose. Auch er liebt Kunst. Er sammelt Antiquitäten, vor allem Teppiche und Bücher. Ich verbringe viel Zeit mit ihm in Ost-Berlin in entsprechenden Läden. Dabei bleiben wir nicht unbemerkt. Ständig werden wir von unseren Freunden von der anderen Mannschaft fotografiert. Jeder sammelt, was er kann.

Eines Tages bringen wir ein Klavier im Auto zurück, das speziell für diesen besonderen Transport ausgewählt wurde. Der diensthabende *Gendarme* am Checkpoint Charlie blickt in den Laderaum, grüßt und sagt, wobei er ein Lachen erstickt:

„Alles ist in Ordnung. Meine Hochachtung, mon Colonel!"

Der Colonel ist meist gut zu den Soldaten. Zu schade, dass er zu seiner Sekretärin, einer jungen französisch-irischen Frau, natürlich rothaarig, so süß und sensibel wie sie auf ihre Unabhängigkeit stolz, recht fies ist.

Der alte Kunst liebende Colonel steht seinem amerikanischen Pendant, der für moderne Kunst schwärmt, in nichts nach: Er war Fallschirmspringer im Algerienkrieg, wie seine mit einschlägigem Orden geschmückte Paradeuniform stolz dokumentiert.

DIE Mauer

Die Mauer, dieses Betonungetüm, das außerhalb Berlins selt-samerweise Eiserner Vorhang genannt wird, kannte ich schon, bevor ich in die deutsche *Doppelhauptstadt* kam, um dort mei-nen (inter)nationalen Dienst zu leisten.

Das erste Mal sah ich sie während der Osterferien 1978, die ich in einer Kleinstadt in der Nähe von Hannover bei einem protes-tantischen Gemeindeaustausch verbrachte[28]. An einem früh-lingshaften Wochenende unternahmen wir einen Ausflug mit dem Bus in den Harz, wo wir von einer Aussichtsplattform das Grenzgebiet mit seinen Stacheldrahtzäunen, Wachtürmen und bewaffneten Grenzposten beobachten konnten. Die Plattform lag mitten in einem Nadelwald, die Sonne schien, die Vögel sangen, und unsere Jugendgruppe war doppelt gemischt: Fran-zosen und Deutsche, Mädchen und Jungen. Wir hatten viel Spaß.

Die äußerst banale Vision von dem, was jede Kaserne oder jedes Gefängnis hätte sein können, hat uns nicht ernsthaft be-eindruckt. Zu allem Überfluss erinnere ich mich besser an die Kleidung, die ich an diesem Tag trug, als an den berühmten Eisernen Vorhang!

In meinem Fotoalbum habe ich damals notiert: „Wo die roten Tannen stehen fängt die DDR an.", Harz, Ostern 1978

---

28 *Kurzgeschichte „Lenzferien '78"*

Mein zweiter Besuch an der Mauer war weit denkwürdiger, wahrscheinlich, weil er mit einem Aufenthalt auf der „anderen Seite" verbunden war. Im Sommer 1984 begleitete ich meine Eltern auf dem Weg zur ersten Internationalen Camping-Rallye in Mitteleuropa, die auch für Teilnehmer aus der nichtsozialistischen Welt offenstand.

Das Treffen fand an der Ostsee in Polen statt. Von der Charente kommend und nachdem wir uns in der elsässischen Getreideebene einer Gruppe von trinkfesten Campern angeschlossen hatten, durchquerten wir die DDR gänzlich: Vom Grenzübergang an der deutsch-deutschen Grenze auf der Transitstrecke München - Leipzig bis nach Szczecin in Westpommern.

Am ersten Grenzübergang standen wir Schlange, um ein Transitvisum für uns und unseren Hund zu bekommen. Der Hund, ein Boxer, wie ihn damals in der sowjetischen Zone nur sehr wenige gesehen hatten, sollte bei der Einreise tierärztlich untersucht werden. Verschiedene Gebühren waren auch fällig.

Zu meinem Erstaunen warf niemand auch nur einen Blick auf den Hund, seine Papiere oder gar auf die Person, die ihn an der Leine hielt. Das Einzige, was zählte, waren die Valuten. Diese geradezu kapitalistische Besessenheit des sozialistischen Lagers schien mir in dieser hässlichen und windigen Militäranlage zutiefst fehl am Platz zu sein.

Am Visaschalter für Zweibeiner hatte ich bald den endgültigen Beweis, dass mich mein erster Eindruck nicht getäuscht hatte. Vor mir fragte ein französischer Rentner aus unserer Gruppe, ein ehemaliger Deutschlehrer, höflich, ob es möglich sei, 100 DM in ostdeutsche Währung umzutauschen.

„*Es ist möglich.*" wurde ihm geantwortet, ohne durch die Scheibe zu schauen. Der Rentner übergab dann 100 DM an die uniformierte Person. Letztere zählte laut: „*100 DM für ..., das macht ... Mark*".

Der Beamte legte vorsichtig einen kleinen Stapel ostdeutscher Banknoten an. In aller Ruhe zählte und zählte er den Betrag nach, öffnete dann eine Schublade und warf das Bündel von Scheinen hinein, bevor er es aussprach: „*Der Nächste!*"

„*Aber ...*" sagte der Rentner "*Sie haben mir mein Geld nicht gegeben.*"

„*Sie befinden sich auf dem Gebiet der Deutschen Demokratischen Republik auf der Durchreise. Sie dürfen keine DDR-Mark besitzen!*"

„*Aber ich habe Sie gefragt.*"

„*Sie haben mich gefragt, ob es möglich sei, Geld zu wechseln.*"

„*Was ist der Unterschied?*"

„*Wechseln ist erlaubt. Der Besitz ist verboten. Deshalb habe ich Ihr Geld gewechselt und es sofort konfisziert! In Übereinstimmung mit den Vorschriften.*"

„ *...* "

Der emeritierte Professor stand einen Moment lang da und wusste nicht, was er sagen sollte. Schließlich drehte er sich um und ging langsam vom Schalter auf sein Auto zu.

Ich begriff, dass die Mauer nicht nur aus Beton, Stacheldraht, Minen und Patrouillen bestand. Da ich schon damals ein unverbesserlicher Optimist war und durchaus auch ein wenig naiv, stand für mich fest, dass ein solches System zum Scheitern verdammt war.

Als ich im Frühjahr 1985 das Ergebnis einer sechsmonatigen fleißigen Forschung an der Rheinisch-Westfälischen Hochschule Aachen, zusammenstellte, verzierte ich die Titelseite dieses Berichts mit einer handgezeichneten Deutschlandkarte. Für die Studie wäre ich übrigens beinahe mit dem Nobelpreis ausgezeichnet worden, aber das ist eine andere Geschichte.

Diese Karte, mit einem *Rotring-Stift* gezeichnet, zog viele Kommentare auf sich. Ich hatte Deutschland als einen Block bestehend aus der BRD und der DDR dargestellt, ohne jegliche Grenzen zwischen den beiden Staaten, mit Aachen als einziger Stadt, in der begründeten Annahme, dass im fernen Poitou niemand jemals von der ersten europäischen Hauptstadt gehört hatte. Auf die Frage meiner erstaunten deutschen Kollegen

„Was ist denn das?", antwortete ich wie aus der Pistole geschossen: *„Deutschland."*

„Aber es gibt zwei deutsche Staaten!"

„Nicht mehr lange!"

„ ... "

Ich, der ich bis dahin die Existenz der Mauer nicht recht ernst genommen hatte, wusste nun, dass sie keineswegs eine Legende war. Während der Grundausbildung nahm ich bei eisigem Wetter und blasser Sonne ein einziges Mal an einer Patrouille entlang der Mauer teil, in Lübars, am Rande eines Naturschutzgebietes.

Die Mauer. Blick aus Kreuzberg, Herbst 1986

Von Lübars habe ich leider kein Foto; bei der Grundausbildung waren Touristen nicht gefragt.

Wir durften uns ihr nicht nähern, denn obwohl die Mauer, wie es sich gehört, auf ostdeutschem Gebiet stand, war sie von der politischen Grenze zum Westen durch einen etwa zwei Meter breiten Streifen Land für die Patrouillen der NVA, der Nationalen Volksarmee, getrennt. Volks-Armee ... na klar!

Wir Soldaten der Westalliierten Streitkräfte - nicht vergessen: Wir sind die Guten! - müssen uns an strenge Regeln halten. Wir müssen die sowjetischen Offiziere wie unsere eigenen Führer grüßen, sonst werden wir bestraft. Aber es ist uns strengstens untersagt, die Vertreter der NVA zu grüßen, einer Armee, die in den Augen des Westens nicht existiert. Tun wir's trotzdem - Sie haben es erraten - werden wir bestraft.

Die Mauer, Kreuzberg, Herbst 1986

Nachdem ich dem ASB zugeteilt wurde, war Schluss mit den Patrouillen. Dennoch ist die Mauer in meinem Alltag präsenter als je zuvor. Während meiner vielen Einsätze im Kombi, meist allein, verfahre ich mich regelmäßig. Als letzten Ausweg drehe ich vor dem schlafenden Dinosaurier aus Beton um und versuche mein Glück in der anderen Richtung.

Während der Nachtschicht im ASB werden wir jedes Mal angerufen, wenn es einen Zwischenfall an der Mauer gibt. Meist fand der Vorfall auf der Westseite statt. Diesmal haben Soldaten der NVA-Grenzpolizei einen angehenden Graffiti-Künstler gefangen genommen, der den antifaschistischen Schutzwall beschmiert hatte, oder einen Betrunkenen, der seine Blase im Scheinwerferlicht an der Wand erleichterte. Er steht da, unerschütterlich, *und pisst, so wie ich Tränen vergieße über die untreuen Kommunisten*[29]. Je nach Tageszeit sind wir an der Reihe, die Militärpolizei in der Gegend zu benachrichtigen.

Leider kam es auch zu ernsten Zwischenfällen. Mehrfach führten sie zum gewaltsamen Tod mehrerer ostdeutscher Zivilisten, die aus Berlin, der *Stadt des Friedens*, zu fliehen versuchten. *„Berlin, Stadt des Friedens"* dieser provokante und, gelinde gesagt, rein theoretische Spruch, schmückte viele Wände im Zentrum Ost-Berlins. Während meiner Dienstzeit zwischen Februar 1986 und Juli 1987 wurden fünf Männer im Alter von 22 bis 38 Jahren an der Mauer von ostdeutschen Grenzsoldaten auf der Flucht erschossen.

Plakat „Berlin, Stadt des Friedens - Porträt einer weltoffenen Metropole", Alexanderplatz, Ost-Berlin, Sommer 1986

---

29 Frei nach Jaques Brel und seinem Lied „Amsterdam"

Die Mauer, das ist auch die Geschichte von Spionen, die manchmal Blut und mehr noch viel Tinte vergossen haben. Der alliierte Abwehrdienst befindet sich direkt neben meinem Büro. Die meisten Offiziere und alle Bidasses des *Intelligence Service* halten sich für Helden. Die spätere Entwicklung wird deutlich zeigen, dass sie dazu kaum Grund hatten.

Spionage ist auch nur ein Handwerk. Und offensichtlich sind Russen und Ostdeutsche darin viel talentierter als wir. Es trifft auch zu, dass sie die Mittel, Geld und Personal, dafür aufbringen. Und in einer Stadt wie Berlin sind Geheimnisse sehr kurzlebig.

Die Alliierten beschäftigen Tausende von Zivilisten, fast alle sind Deutsche. Wer weiß, wer für wen arbeitet? Was ist auch schon dabei, wenn Leutnant B. am Ende eines langen Tages im Büro seiner Frau von seiner Arbeit erzählt, während beide vor der Kasse des *économat* Schlange stehen? Diese Szenen wiederholen sich täglich tausendfach, hier und überall im Sektor, und sind eine unerschöpfliche Quelle für Informationen aller Art. Es erinnert ein bisschen ans Goldwaschen. Wer geduldig genug ist und das Echte vom Gefälschten trennen kann, entdeckt früher oder später ein Nugget.

Unsere Spione sind Amateure. Sie fahren in gepanzerten Wagen durch die DDR und fotografieren während der 1. Mai-Paraden. Ich habe mich freiwillig gemeldet, um mein unbestreitbares Talent als Fotograf in diesem historischen Umfeld zu entfalten und ich einfach neugierig bin. Aber der verantwortliche französische Beamte, Hauptmann H., lehnte dies ab. Er hat mir nicht verziehen, dass ich seine Einladung ausgeschlagen habe, ihn in seiner Wohnung zu besuchen, um seine Sammlung japanischer Drucke zu betrachten.

Aus Mangel an Informationen sehen unsere Spione an jeder Straßenecke gefährliche Agitatoren im Sold Moskaus. Abends, meist am Wochenende, fahren wir ASB-Rekruten mit der U-Bahn zu den trendigen Kneipen in Kreuzberg. Um Zeit und Geld zu sparen, gehen wir manchmal in Uniform dorthin und ziehen uns erst in den Toilettenräumen um. Es ist nicht ungewöhnlich, dass Flugblätter auf Tischen oder auf den umgestürzten Bierkästen, die als solche dienen, herumliegen. Die Bandbreite reicht dabei vom Aufruf zum antiimperialistischen Kampf über den antifaschistischen Boykott bis hin zu Demonstrationen gegen alles und jeden.

Als wir später im Büro erfahren, dass eine *„gefährliche Gruppe"* auf der Basis *„vertraulich eingestufter Informationen"*, die nichts anderes sind als die blasse Zusammenfassung des letzten Flugblatts, das zwischen zwei Weizenbier gelesen wurde, zum Aufstand aufruft, lachen wir uns kaputt.

Ein mit höchst subversiven Plakaten dekoriertes Schlafzimmer im Hauptquartier des Quartier Napoléon. Um 1986-1987

Selbst der Begriff *„Vertraulichkeit"* ist kaum ernst zu nehmen. Während der Treffen des französischen Generalstabs bin ich von Zeit zu Zeit für die Diapositive des ASB-Colonels zuständig. Da alles, was gesagt wird, höchst geheim ist, darf ich den Raum nicht betreten. Ich projiziere deshalb die Dias durch eine Luke, die zu diesem Zweck gebaut wurde. Aber Vorsicht, wenn ich den richtigen Moment für ein Dia verpasse! Ich muss also durch die Luke zuhören. Dabei bin ich gezwungen, mir den Hals zu verrenken. Nicht selten habe ich das Gefühl, der Einzige zu sein, der den im Grunde sehr banalen Diskussionen so viel Aufmerksamkeit schenkt. Es heißt zum Beispiel, dass im vergangenen Monat, wie auch bereits in den Vormonaten, drei Russen beim Fotokopieren von Dokumenten inmitten des französischen Generalstabs erwischt wurden.

Am Haupteingang der französischen Kaserne tun die Wachsoldaten alles, was sie können, um Einbrüche zu verhindern. Ohne ersichtlichen Grund lassen sie Soldaten nicht rein, indem sie behaupten, ihre Papiere seien nicht in Ordnung. Diese Bastarde gingen sogar so weit, dass sie einen französischen Rekruten, der nach einem heimlichen Nachtspaziergang die Wand hochkletterte, kaltblütig erschossen haben ... Wie schaffen es dann die Russen, unbemerkt auf das Kasernengelände zu kommen?

Uns beeindruckt das alles nicht. Wir machen uns einen Spaß daraus, einen Studentenausweis, einen Tennisklub-Mitgliedsausweis oder was immer wir sonst noch in die Hände bekommen können, bei der Kontrolle vorzuzeigen. Das Schlimmste ist: Fast immer funktioniert es!

Daraus wird klar: Die Russen müssen entweder als Studenten oder als Sportler reinkommen.

Die Amerikaner hingegen kontrollieren alles und jeden, als ob man kurz davor wäre, das ganze Viertel in die Luft zu jagen. Das ist mühsam, aber wenigstens wissen wir, woran wir sind.

Eine meiner wenigen eher ernsthaften Aufgaben ist es, den Safe unserer Abteilung morgens zu öffnen und abends oder tagsüber zu schließen, wenn ich länger weg bin. Die Schatzkiste ist aus dunklem Metall gefertigt und sieht wie jeder Tresor aus.

Jeden Tag habe ich Spaß daran, den Knopf in alle Richtungen zu drehen, während ich wie in einem Einbrecherfilm auf den letzten Klick warte. Nur, dass ich die Kombination auswendig kenne. Der Anblick des geöffneten Safes ist nicht außergewöhnlich.

Die klassifizierten Dokumente liegen darin wie in einem ganz normalen Aktenschrank gestapelt. Akribisch mache ich meine alltägliche Arbeit. Doch eines Tages stelle ich nach Öffnen des Safes fest, dass ein Dokument fehlt.

Nicht, dass es sich um die Verteidigungspläne der Stadt handelt, aber die Folgen lassen nicht lange auf sich warten. Wir durchsuchen jedes Zimmer von oben bis unten, Regale, Schreibtische, Schränke, nichts wird ausgelassen. Mehrmals werde ich von meinen Vorgesetzten befragt. Ich muss meinen Zeitplan vom Vorabend bis zum Abend im Detail wiederholen, bis zu dem Zeitpunkt, als mir Kommandant Dublanc sagte, wie er es jeden Abend tut: *„Bouzac, schließen Sie den Safe!"*

Egal, wie sehr wir uns bemühen, das fehlende Dokument taucht nicht wieder auf. Beunruhigend ist, dass kein anderes Schriftstück zu fehlen scheint. Andererseits war der Tresor heute Morgen ordnungsgemäß verschlossen. Wer konnte den Panzerschrank öffnen, das Dokument entnehmen und die Tür wieder schließen, ohne dass es jemand bemerkte? Niemand, genauer gesagt zwei Personen, mein Chef und ich. Aus sehr guten Gründen halten wir uns beide für völlig unschuldig. Am Ende des Tages schließe ich den Safe unter den wachsamen Augen des Kommandanten. Einsilbig geworden verlassen wir das Zimmer.

In der folgenden Nacht konnte ich kein Auge schließen, bis mir eine Idee kommt. Die Schublade im Safe ist bis zum Überlaufen voll. Das vermisste Dokument lag ganz oben auf dem Stapel. Könnte es nicht an der Unterseite der Schublade darüber festgeklemmt sein? *„Bouzac, Sie sind ein Genie!"* - Natürlich sagte niemand diese Worte. Aber sie drücken - in aller Bescheidenheit - eine tiefe Wahrheit aus, weshalb ich sie leise vor mich hin flüstere. Bei dem so geheimen Papier handelte es sich übrigens um den Entwurf eines Plakats für die nächste alliierte Parade, der den ersten Preis des außergewöhnlich medienwirksamen Wettbewerbs gewann, der zum ersten Mal veranstaltet worden war.

Gegen Ende meines Dienstes habe ich die zweifelhafte Ehre, aktiv am großen gemeinsamen Manöver im amerikanischen Sektor teilzunehmen. Ich pendle hin und her zwischen ASB und Manöverhauptquartier in einem unterirdischen Bunker einer Geisterstadt und versorge die Häuptlinge mit meiner Spezialität: Kaffee, Zucker und Creamer.

Als ich zum ersten Mal alle alliierten Führer in Aktion sehe, halte ich den Anblick für einen Witz. Aber es ist nicht die Art des Hauses. All diese gut aussehenden Menschen, natürlich in Kampfuniform, arbeiten um einen großen Pappkarton herum, der die Mitte des Raumes einnimmt und mich ein wenig an die Modelleisenbahnlandschaft erinnert, die ich vor langer Zeit im Keller meines Elternhauses aufgebaut hatte.

Aber diese nachgestellte Landschaft ist nicht sehr abwechslungsreich, man hat sich nicht einmal darum gekümmert, die auf dem Manövergelände verstreuten Sandhöcker darzustellen. Und es gibt keine elektrischen Züge. Auf Flipcharts füllen die Offiziere fieberhaft Listen aus, wenn per Telefon Nachrichten von der Front eintreffen: Panzer und Transportpanzerfahrzeuge zerstört, Soldaten tot oder verwundet.

Um möglichst realistisch zu sein, wird der durch den Beschuss verursachte Rauch schematisch durch Wattebällchen materialisiert. Die saubere elektronische Kriegsführung war noch nicht erfunden.

Das Ziel der Manöver ist allen bekannt: Lange genug gegen die sowjetischen Streitkräfte in Überzahl durchzuhalten, damit die alliierten Kampfflieger und Bomber, die an den nächstgelegenen Stützpunkten rund um die Uhr in Alarmbereitschaft sind, Berlin erreichen und diesen Schurken die Lektion erteilen können, die sie verdienen. Im optimistischsten Szenario halten unsere Truppen eine Stunde, höchstens zwei Stunden durch. Und werden zur Belohnung von der eigenen Luftwaffe bombardiert!

Ich denke über das Modell nach, das inzwischen mit Baumwolle gefüllt ist, als der französische ASB-Chef nach mir ruft: *„Hör mal Kleiner, ich habe etwas im Büro vergessen ..."* sagt er, senkt dabei die Stimme und dreht sich um, um sicherzustellen, dass ihn niemand hört: *„Du fährst zurück ins Büro und bring mir den Kopierer und den Safe mit."*

„?"

„Das kannst du nicht allein tun, deshalb nimmst du jeden mit, den du findest, um das Zeug in den Kombi einzuladen."

Ich fahre allein zurück und bin nicht wirklich begeistert von der Idee, den Safe von einem Ende (West-) Berlins zum anderen zu schleppen.

Als ich im ASB ankomme, finde ich verlassene Büros, mit Ausnahme des Wachdienstes. Ich erkläre diesen netten Leuten, was ich brauche. Der Gedanke, den Fotokopierer und den Safe im Kleinbus mitzuführen, verzaubert sie ungefähr so sehr wie mich. Durch übermenschliche Anstrengung (schließlich sind wir nicht hier, um zu faulenzen!) ist bald alles bereit. Die beiden Jungs wünschen mir eine gute Fahrt und laufen zurück zu ihrem Fernseher.

Zwanzig Minuten später stecke ich in einem dicken Stau fest. Es ist heiß, aber ich traue mich nicht, die Fenster zu öffnen. Alleine an Bord bin ich dazu verdammt, im Falle einer Havarie mit meinem Schiff zu sinken ... Aber darum geht es nicht. Das Problem ist, dass in der Eisenkiste nicht nur Plakate für die nächste Parade der Alliierten liegen. Wenn ich von der anderen Seite wäre, hätte ich das schon längst gewusst und könnte der Versuchung nicht widerstehen, das Ding dort abzuholen, wo es ist.

Aber ich phantasiere. Niemand interessiert sich für mich oder meine Fracht. Sie haben wahrscheinlich bereits alle Dokumente in Kopie. Mit etwas Glück haben sie die Originale selbst geschrieben ... Och! Ich glaube, jetzt bin ich deprimiert.

Ich stelle mir immer noch fabulierend vor, wie sich die Ankündigung der BZ, natürlich auf der Titelseite, über die Evakuierungspläne der Stadt und die Besetzung der Krankenhäuser im Falle einer Aggression durch die östliche Bestie - sorry, wir befinden uns im Krieg - auswirkt. Glauben Sie mir, das Bild der unerschrockenen Beschützer der Demokratie würde ins Wanken geraten.

Der Stau löst sich auf, ich stehe fast vor dem Tor der *Ghost City*. Sobald ich den Kontrollpunkt passiert habe, geht es los, und ich rase direkt zum Hauptquartier.

Ich habe leider vergessen, dass dies ein Kriegsgebiet ist. Knapp vermeide ich eine Kollision mit einem fetten amerikanischen Panzer (70 Tonnen!), der mich in der Kurve schneidet und in einen Sandhügel abdrängt. „*Chauffard*[30]*!!!*" schimpfe ich laut auf Französisch.

In seinem Turm wirft mir der diensthabende Maschinengewehrschütze einen aufrührerischen Blick zu. Wieder einer, der den Wert meiner Mission und die Tugenden der Straßenverkehrsordnung unterschätzt. Ich parke in einer Staubwolke vor dem Bunkereingang. Im hinteren Teil des Kleinbusses prüfe ich den Zustand des Fotokopierers, der während des unerwarteten Treffens mit dem amerikanischen Freund einen Gleitflug ohne Fallschirm gemacht hat. Alles scheint in Ordnung zu sein, aber ich bekomme die Maschine nicht wieder auf die Beine, die kläglich auf dem Rücken liegt wie das Tier in Kafkas Story. Ich gehe rein und hole Verstärkung.

Das Pappmodell ist buchstäblich mit Baumwolle bedeckt. Eine regelrechte Lawine. Wie erwartet ein wahres Massaker.

Der Oberst sieht mich und sagt nur, mit einem müden Heldenlächeln im Mundwinkel: „*Da bist du ja Bursche. Warum hast du denn so lange gebraucht? Der Krieg ist vorbei. Den ganzen Krempel kannst du gleich ins Büro zurückbringen!*"

---

30 *Raser*

Palast der Republik, Ost-Berlin, Sommer 1986

Diplomatischer Zwischenfall im Pergamon-Museum

Wie fast jeden Mittwochnachmittag habe ich heute mein Büro verlassen, um mich auf eine Mission nach Ost-Berlin zu begeben, mit dem Ziel, meine Kenntnis über den Feind zu vertiefen und gleichzeitig die Teilnahme an der wöchentlichen Schießübung auf elegante Art und Weise zu umgehen.

Während meiner Grundausbildung hatte ich die Erfahrung gemacht, dass die Gefahr dieser Übungen nicht primär im Umgang mit Waffen und Munition lag. Vielmehr ängstigte mich der Gedanke, dass unverantwortliche Wehrpflichtige mit einer geladenen FAMAS auf Menschen losgelassen werden, die sich dabei so unwohl fühlen, als ob sie im Restaurant CHANG am *Kurtschu*[31] eine sauer-scharfe Suppe mit Stäbchen auslöffeln müssten.

Während einer dieser unvergesslichen Trainingseinheiten im militärischen, also im wirklichen, im einzigen Leben, war ich, während ich mich auf das Zielen konzentrierte, vom grünen Gesicht unseres Aspiranten überrascht worden, der direkt aus der *Vendée* kam und normalerweise stolzer Vertreter einer Familie war, die seit den Galliern gewissenhaft der Kirche und der Armee diente. Unser Offiziersanwärter sah wie betäubt zu, wie ein kleiner Vorstadt-Ganove seine geladene, *im Moment* verklemmte Waffe auf seinen Unterleib richtete, da dem jungen Schwachkopf nichts anderes eingefallen war, um auf sein Problem hinzuweisen.

Merkwürdigerweise machte mir dieser Vorfall klar, dass die Zielscheibe, auf die ich mit unterschiedlichem Erfolg schoss, eindeutig einen Menschen darstellte. Ich kannte damals weder Kurt Tucholsky noch seine berechtigte Anschuldigung: *Soldaten sind Mörder!* Und doch beschloss ich spontan, diese zweifelhafte Aktivität in Zukunft zu vermeiden, was einem Möch-

---

31 *Wie wir Bidasses den Kurt-Schumacher-Platz nennen. Echte Berliner sagen - falscherweise - Kurtschi oder Kutschi.*

tegern-Pazifisten wie mir ja zustand. Vor allem aber machte ich es wegen Gaston, meinen Großvater väterlicherseits.

Gaston, der sich im Ersten Weltkrieg geweigert hatte zu kämpfen, wurde vor die Wahl gestellt, entweder erschossen zu werden, wie Tausende anderer Pazifisten, oder als Sanitäter zu dienen. Er wurde Sanitäter, sonst wäre ich nicht hier, um Ihnen diese Geschichte zu erzählen. Er reiste von einem Schlachtfeld zum anderen durch ganz Europa, bis in die Türkei. Er ging zwischen die Fronten, um die Verwundeten zu bergen. Mehr als einmal wurde er für seinen Mut gelobt und oft genug dafür getadelt, dass er sich um feindliche Opfer gekümmert hatte. Gaston machte da keinen Unterschied. Ich bin stolz auf diesen Opa, den ich leider nicht persönlich kennengelernt habe.

Zu seinem Glück hatte er die Schrecken der Gräben physisch überlebt. Aber vom Trauma des Krieges und von der Erfahrung, den Wahnsinn so hautnah erleben zu müssen, hat er sich nie erholt. Vor dem Krieg hatte er als renommierter Koch an Banketten für den Präsidenten der Republik oder für den englischen König mitgewirkt. Er gab diese Arbeit auf, da er auf keinen Fall den Verantwortlichen für das große Gemetzel dienen wollte. Er starb jung. Den Geschmack am Leben hatte er verloren.

Im Rückblick kann ich mich rühmen, dass ich meine selbstauferlegte Verpflichtung zur Schieß-Abstinenz voll und ganz eingehalten habe. Nach achtzehn Monaten Dienst und mit Ausnahme der bereits erwähnten Grundausbildung, die zum großen Teil in den Wäldern und auf zugefrorenen Seen verbracht wurde, in einer sibirischen Kälte, die selbst meine elsässischen Kameraden, allesamt wettererprobte Holzfäller, zu beeindrucken vermochte, nahm ich kein einziges Mal am Schießtraining teil.

Als ich am Vorabend meiner Freilassung aufgefordert wurde, meine emsige Anwesenheit bei den Schießereien nachzuweisen, also das genaue Gegenteil meiner Drückeberger-Bilanz, nahm es der verantwortliche Offizier, nachdem er zunächst glaubte, dass ich ihn schamlos belüge (wie schlecht er mich kannte!), auf sich, in meine Akte zu schreiben, dass ich an zehn

Schießübungen teilgenommen hatte, das obligatorische Minimum, um, so sagte er in seinem Operetten-Schnurrbart, jedes Problem für mich *und unsere* Vorgesetzten zu vermeiden.

Es gab genau zwei Möglichkeiten, um die Schießübungen, die immer mittwochs stattfanden, nicht besuchen zu müssen: An den Sport-Aktivitäten des ASB teilzunehmen oder sich freiwillig für Missionen nach Ost-Berlin zu melden. Beides fand eben auch am Mittwochnachmittag statt.

Ich muss zugeben, dass ich diese interkulturellen Sportnachmittage, an denen die Unterschiede zwischen Soldaten und Offizieren, jung und alt, Alliierten und Beschützten fast verschwanden, eher genoss. Mit großem Abstand bevorzugte ich jedoch die konspirativen Fahrten gen Osten. Ich hatte Glück: Die Mehrheit der Bidasses präferierte tatsächlich Sport inklusive dem Schießsport.

Nachdem mehrere Angehörige der Berliner Französischen Streitkräfte unter mehr als verdächtigen Umständen in der DDR im Dienst umgekommen waren - meist waren das fingierte Verkehrsunfälle mit Todesfolge -, verlangte die Vorschrift eine Mindestzahl von zwei Soldaten bei Fahrten in den Osten.

So begleitete ich in der Regel hohe Offiziere für die Standardtour durch Ost-Berlin: Flüchtige Besichtigungen der Hauptmonumente, viel längere, manchmal erstaunlich ausgedehnte Shopping-Touren *(stolze Napoléon-Soldaten aus Meißener Porzellan, elektrische Miniaturzüge, thüringische Weihnachtspyramiden aus Holz und für die Neugierigsten: alte Bücher in Französisch aus improvisierten Antiquariaten in den hinteren Innenhöfen ...)*. Der obligatorische Abschluss fand in einem der schicken Restaurants wie dem *Ermeler Haus* oder dem *Moskau* statt, das für den auf Eiswürfeln in Salatschüsseln servierten Kaviar genau so berühmt war, wie für die unzähligen, ohne jede Fantasie unter den Tischen versteckten Mikrofone.

Meine erste Mission wäre beinahe zum Fiasko geworden. Ich fuhr abends - es war schon dunkel - einen hohen Offizier und seine Frau sowie den französischen ASB-Chef ins Restaurant.

Kaum eingestiegen, sagte mir der Besucher: *„Du Junge, pass schön aufs Auto auf! Ich bin der Verantwortliche für alle Fahrzeuge bei den französischen Streitkräften in Deutschland."*

„A vos ordres, mon Général!" entgegnete ich automatisch. Ich schaltete den Rückwärtsgang ein und wollte losfahren, als das Getriebe laut knirschte. Ich hatte den fünften Gang eingelegt.

Schon damals war das meistbesuchte Museum Berlins das Pergamonmuseum. Die meisten alliierten Besucher, jedenfalls von denen, die ich begleitete, unabhängig vom Rang und vom Bildungsstand, sahen in diesem Besuch nichts anderes als Zeitvergeudung in einem vollgepackten Programm, das - wie wir bereits wissen - viele bei weitem interessantere Punkte beinhaltete.

Aber niemand durfte sein Gesicht verlieren, keiner wollte beim Schummeln in flagranti erwischt werden. Das Museum musste besucht werden, auch wenn sich der Besuch darin erschöpfte, den weltberühmten Altar fünf Minuten anzuglotzen, um anschließend im Laufschritt die Flucht in Richtung neuer Abenteuer zu ergreifen. Später konnte man ohne rot zu werden behaupten: *„Ich hab' das Pergamon besucht."*

Alles in allem wurde der gewaltige Museumsbau für und um den Pergamonaltar errichtet, der den ersten Saal völlig ausfüllt und damit zum Synonym für das Museum wurde.

Im Laufe meines Wehrdienstes habe ich das Pergamon-Museum etliche Male im Sprinttempo, aber leider nur selten in Ruhe und mit Muße besucht.

Die Besichtigung an diesem Mittwoch im Frühling war aus mehreren Gründen außerordentlich. Ich begleitete einen amerikanischen Kollegen und Freund, Joe. Obwohl er mein Vorgesetzter war, behandelte mich der notorische Frankophone und Frankophile quasi auf Augenhöhe. Er schlug mir vor, drüben das große Museum gemeinsam zu besuchen, da er von meiner Begeisterung und guter Ortskenntnis wusste.

Er war noch nie da gewesen, da er wie die meisten Amis den legendenumwobenen Eisernen Vorhang bisher nur im fahrenden Militärzug durchquert hatte.

Mit der fetten US-Limousine von Joe passieren wir trotz Gefahr um *our lifes* den Check Point Charlie. Er liegt dort, wo Kreuzberg, der multikulturelle Bezirk im Süden und damals in West-Berlin auf Mitte trifft, das einst elegante Viertel, nun zur Hauptstadt der Deutschen Demokratischen Republik gehörend.

Als wir in die Nähe des Roten Rathauses kommen, sehen wir an der Kreuzung eine Menschenmenge, die einen Zusammenstoß beobachtet. Der unaufmerksame Fahrer eines Ford-Scorpio mit westdeutschem Kennzeichen ist gerade gegen die Heckklappe eines *Trabant* gefahren, der sehr vorsichtig an einer noch nicht ganz roten Ampel angehalten hat. Die Stoßstange des Ford ist kaum angekratzt, der Trabant ist reif für den Schrottplatz. Wenn Sie meine Meinung hören wollen: Wenn die Qualität der Autos etwas über die Gesundheit der Wirtschaft des Landes aussagt, dann wird es die DDR nicht mehr lange geben!

Wir beide tragen die Sommeruniform mit dem ASB-Abzeichen: Drei Flaggen, die französische, die amerikanische und die britische eng verschlungen, eine naive Zeichnung, mit faden Farben und als diskreter Ausdruck des Triumphs der Sieger und Beschützer der Freien Welt. Der bloße Anblick dieses äußerst seltenen Abzeichens - auch Jungfrau genannt - verwandelt viele Offiziere zu Besuch in Berlin, insbesondere die ranghöchsten Offiziere, die in der Regel die ältesten sind, augenblicklich in eigensinnige kleine Kinder, die bereit sind, alles zu tun, um dieses kostbare Spielzeug zu erwerben, das in ihrer Sammlung fehlt.

Aber dieses Abzeichen darf nur von den etwa dreißig Personen, die im Dienst des ASB stehen, getragen werden. Der Verkauf ist strengstens verboten - zumindest offiziell.

Ich kenne einen skrupellosen Bidasse, der auf dem Rücken dieser leidenschaftlichen Sammler schnell reich wurde. Das Geheimnis seines Erfolges ist ein zweifaches: Neben seiner kolossalen Nervenstärke verfügt er über eine weitere Gabe, die ihn schon viele Male vor Strafen bewahrt und ihm sogar erlaubt hat, die militärischen Ränge mit einer Geschwindigkeit zu erklimmen, die umgekehrt proportional zu seinen Verdiensten ist.

Der abscheuliche B., um ihn nicht zu nennen, ist in der Lage, jede Person, unschuldig oder nicht, ohne mit der Wimper zu zucken zu denunzieren. Es gelingt ihm jedes Mal, das Verschwinden seiner Jungfrau (ich wollte schon sagen, seiner *brandneuen Jungfrau* ... aber um Jeannes d'Arc willen ...) plausibel zu erklären. Dabei gibt es noch Menschen, die glauben, dass beim Militär Fantasie und Vorstellungskraft verpönt sind!

Im Museum angekommen, bewundern wir lange den wirklich großartigen Pergamon-Altar, das Markttor aus Milet und zahllose andere Werke aus mythischen Orten wie Ur, Ninive, Assur und Babylon.

Nach dem Besuch des rechten Museumsflügels, der die antiken Sammlungen aus Vorderasien beherbergt, kehren wir zurück und durchqueren noch einmal den Pergamonsaal, um uns in den linken Flügel zu begeben. Zu diesem Zweck muss man zuerst durch einen Raum mittlerer Größe, mit hohen griechischen Säulen und weiteren Tempel-Bausatz-Elementen gefüllt, um dann nach links in einen schmalen Flur abzubiegen, der zu den Skulpturensammlungen führt.

Genau dort entzündet der kommunistische Feind, quasi die Dunkelheit ausnutzend, wegen einer Lappalie beinahe den dritten Weltkrieg. Aber: Reicht etwa keine Lappalie, um einen Krieg zu entzünden?

Wenn Sie nichts dagegen haben, kehren wir zurück zu unserem schlecht beleuchteten Flur: Auf einen Schlag wurde ich abrupt gestoppt, als ich mich mit einer fremden Person verhakte. Meine rechte Schulter steckt fest. Beim näheren Hinschauen verflog noch der letzte Zweifel. Mein stolzes Abzeichen der Berliner Französischen Streitkräfte ist wohl oder übel vom nicht weniger stolzen Abzeichen des unbekannten Regimentes einer aus der anderen Richtung kommenden uniformierten Polin, welche auch nicht wusste, wie sie auf diesen unerwarteten Zusammenstoß zwischen dem NATO-Querkopf und dem Enfant terrible des Warschauer Pakts reagieren sollte, angehalten worden.

Mit ernster Miene versucht anfangs jeder von uns beiden, die Unbekannte und ich, sich durch Zurückweichen, Schultern zucken und verschiedensten Verrenkungen zu befreien, mit dem Ziel, den Knoten zu lösen und dabei möglichst gefasst zu bleiben. Es ist nichts zu machen, die historischen Verbindungen zwischen Frankreich und Polen sind stärker als wir! Lächelnd, aber etwas verschämt, geben wir irgendwann widerstrebend die Idee auf, das Problem allein lösen zu können, während die Menge in unserem Rücken - oder besser gesagt in unserer beider Rücken - allmählich die Geduld verliert.

Joe und die Begleiterin meiner neuen Bekanntschaft bemühten sich, die im Kalten Krieg nicht recht erwünschte blockübergreifende Völkerverbindung aufzuheben. Wie konnte es so weit kommen? Von der oft beschworenen Magie der Uniform garantiert nicht fasziniert, bin ich bestimmt wieder einmal Opfer des unwiderstehlichen Charmes der Polinnen geworden.

Da sie leider nicht in der Lage sind, die dramatisch-historische Größe des Augenblicks zu goutieren, murren die um uns herum auf der Stelle tretenden Besucher immer lauter.

Trotz Blockade dieses hoch strategischen Winkels im berühmten Museum ging diese von den Historikern verkannte Episode des Kalten Krieges (so genannte aufgewärmte Endphase) nach gut zehn Minuten gemeinsamer Bemühungen in einer herzlichen, obwohl etwas verspannten Stimmung - da wir eine externe Intervention befürchteten: Militärpolizei(en), Stasi und sonstige nette Animateure - schließlich friedlich zu Ende.

Am Abend zurück in der Kaserne nähte ich eine der Ecken des Abzeichens auf meiner Jacke wieder an, da diese als Folge ihres heldenhaften Einsatzes hinter den feindlichen Linien erbärmlich schief hing.

Collage erstellt für den Wettbewerb "Berlin - meine Reise in Europa: Polnische Orte in der deutschen Hauptstadt", Polnischer Sozialrat, 2015 (Sonderpreis der Jury)

Hubschrauber pa ruski

Die Russen sind nicht gerade schüchtern. Sie sind überall dort zu finden, wo sie nichts zu suchen haben. Am schlimmsten ist ihr endloser Rachefeldzug für die Sprengung der Tegeler Funktürme durch die Franzosen.

Von Zeit zu Zeit, immer mitten in der Nacht, landet ein russischer Hubschrauber in aller Ruhe auf dem Flughafen Tegel, in der Nähe der Stelle, wo die berühmten Türme bis Ende der 1940er-Jahre standen[32].

Die Motoren laufen, der Propeller ist noch im Leerlauf. Im Inneren des Hubschraubers überprüfen drei Soldaten die Zeit auf ihren Uhren. Sie reden, um sich die Zeit zu vertreiben: *„Ich wette, es werden nur zwei kommen!"*

„Natürlich. Der dritte wird gerade repariert!"

„Und dann ist Leutnant D. im Urlaub, sein Vertreter liegt mit einer Grippe im Bett. Das wird nichts Tolles ..."

Die Experten haben ausnahmsweise einmal recht. Scheppernd nähert sich ein einziger AMX dem Hubschrauber mit eingeschaltetem Licht.

Die Russen notieren akribisch die Nummer des trikoloren Panzers auf ihrem Notizblock und wie lange es dauerte, von der Garage auf der anderen Straßenseite dorthin zu gelangen.

Sie begrüßen die Panzerbesatzung, amüsieren sich prächtig, als ob das der neueste Schülerwitz wäre, und fliegen schließlich zurück, wie sie gekommen sind, und lassen sich dabei viel Zeit.

Die Bidasses ihrerseits fotografieren den Hubschrauber, notieren seine Nummer und kehren zu ihrer Wache zurück. Die Metalltüren quietschen. Die Berliner Nacht kommt wieder zur Ruhe.

---

32 Vgl. Kapitel „Berlin, Berlin"

Viel seltener sieht man am helllichten Tag einen Kriegshubschrauber. An diesem Mittwochnachmittag bin ich wieder mal auf Mission in Ost-Berlin. Wie immer machen wir einen Rundgang durch die Hinterhöfe. Der Oberst kauft einige alte französische Bücher - sozusagen Routine.

Offiziell begleite ich ihn als Fahrer des großen schwarzen Opel, aber er fährt wie immer am liebsten selbst. Großzügig wie ich bin, lasse ich ihn gewähren. Es ist nur so, dass die Art und Weise, wie er durch die Stadt fährt, gewöhnungsbedürftig ist. Wieder einmal beweist er es mir, als er einen Hubschrauber erspäht, der in niedriger Höhe ganz in unserer Nähe brummt.

„Stell dir mal vor! Ein Mi-24V! Ein sowjetischer Hubschrauber, wie er in Afghanistan eingesetzt wird. Noch nie hab' ich einen mit eigenen Augen gesehen ... siehst du die Maschinengewehre hinten?"

Ganz aufgeregt kommentiert der Oberst die technische Ausstattung und Raketenbewaffnung dieses schrecklich lärmenden Biestes. Dabei hängt er halb aus dem Wagentürfenster, gestikuliert ununterbrochen redend wie *Louis de Funès* und behält die Erscheinung im Auge.

Auch ich beobachte das Ungeheuer, bis ich merke, dass wir uns auf dem Bürgersteig in der Friedrichstraße befinden. Wir sind sehr nahe am Kontrollpunkt. Zum Glück, denn deshalb sind die Bürgersteige, wie die ganze Straße, absolut leer.

Der Hubschrauber bewegt sich langsam weg und folgt dabei der Linie der Mauer auf der Ostseite. Der Oberst kommt wieder auf den Boden und das Auto auf die Straße. Da er nicht in der Lage ist, weiterhin am Feindbild zu zeichnen, fragt er sich: *„Was zum Teufel machen diese Sowjets mitten in der Stadt mit dieser verdammten Kriegsmaschine?"*

Besser hätte ich es nicht formulieren können.

Ungewöhnliche Begegnungen

Es ist Tag der offenen Tür im Quartier Napoléon, für mich das zweite Mal. Ich weiß also, was mich erwartet: Massen von Menschen, laute Militärmusik, der berühmte Deutsch-Französische Chor Berlin, Berge von Merguez, tonnenweise Pommes frites, Bataillons von heißen Baguettes, die aus der Feldbäckerei kommen und leckere kreolische Blutwürste! Da ist ein Besuch unvermeidbar, zumal er praktisch kostenlos ist.

Dieses Jahr begleiten mich zwei neue Freunde, die ich bei der Deutsch-Französischen Gesellschaft kennengelernt habe. René ist Musiker, was soll ich sagen, Komponist!

Sylvie ist zu Besuch in Berlin... Sie spricht nicht gerne darüber, warum sie hier ist. Tatsächlich begleitet sie ihren Freund, der als Gendarmerie-Anwärter in Berlin stationiert ist. Bei der Gendarmerie ist es jedoch strengstens verboten, seinem Freund oder seiner Freundin zum Ausbildungsort zu folgen. Wenn die Militärbehörden ihre Anwesenheit bemerken, wird die Karriere des Mannes, den sie liebt, sofort beendet, und beiden wird befohlen, die Stadt binnen eines Tages zu verlassen. Es ist verständlich, dass Sylvie unter diesen Umständen die absolute Diskretion ist. Sie vermeidet den Kontakt zu Uniformierten wie die Pest, was in West-Berlin im französischen Sektor nicht einfach ist, noch dazu, wenn man kein Wort Deutsch spricht ...

Wir drei gehen zum Seiteneingang, der zum Flughafen hin liegt und unterhalten uns dabei. Das Wetter ist toll, der Kurt-Schumacher-Damm fast leer. Als wir gerade die Kurve erreicht haben, die mehr oder weniger die Mitte des Weges zwischen den beiden Kasernentoren markiert, bemerken wir etwa hundert Meter vor uns einen französischen Armeewagen, der abrupt am Straßenrand anhält. Ein uniformierter Beamter steigt aus dem leichten Geländewagen aus. Er trägt einen großen braunen Umschlag unter dem Arm und schaut sich verdächtig um.

In diesem Moment hält ein olivgrüner russischer Transporter direkt hinter dem ersten Auto . Auch dort steigt ein Mensch in

Uniform aus, aber er hat nur Augen für seinen Kollegen von der anderen Seite der Mauer. Wortlos übergibt der Franzose dem Russen seinen Umschlag, der ihm im Gegenzug einen Leinensack überreicht. Sie sehen sich einen kurzen Augenblick schweigend an und drehen sich dann unvermittelt beide in unsere Richtung. Wie durch ein Wunder hat der russische Konspirant jetzt eine Kamera mit Teleobjektiv und porträtiert uns einfach so.

Ich bin ganz platt. Verblüfft wende ich mich meinen Freunden zu. Sylvie gafft die beiden Soldaten an, die sich so verdächtig verhalten. René hat nichts Besseres zu tun, als eine Kamera aus seiner Tasche zu nehmen, natürlich mit Teleobjektiv, um unentwegt Fotos von den beiden Verschwörern zu schießen. Diese verschwinden in Windeseile in ihre Fahrzeuge. Wenige Sekunden später rasen sie an uns vorbei. Der Franzose ist allein an Bord und ignoriert uns komplett. Die Russen sind zu zweit. Der Beifahrer zeichnet weiterhin unser Porträt, als wären wir Stars und er Paparazzo.

Dann ist es wieder ruhig. Kein einziger Fußgänger ist in Sicht, auch nicht auf der anderen Straßenseite. Nur ein paar Autos fahren vorüber.

Wir stehen immer noch wie angewurzelt da. Ich bin der Erste, der das Schweigen bricht: *„Was tun wir jetzt?"*

„Nichts, soweit es mich betrifft!" schreit René. Sylvie betrachtet schweigend ihre Füße. Da ist kein Rat zu erwarten. Aber warum echauffiert sich René so? Ich frage ihn. Unser Komponist gibt ein paar abenteuerliche Erklärungen ab. Er soll sich *„ ... nach Missgeschicken mit der rumänischen Gegenspionage auf geheimer Mission befinden ... "* Sachen gibt's!

Ach, was soll's! Unsere Freunde von drüben besitzen eine ganze Sammlung von Porträts meiner Wenigkeit. Es ist für sie ein Kinderspiel, mich zu identifizieren. Aber zur Sicherheit beschließen wir, uns zu trennen, uns in den nächsten Tagen nicht mehr zu sehen und so zu tun, als würden wir uns nicht kennen, falls jemand fragt.

Ich habe jede Lust verloren, dem Tag der offenen Tür einen Besuch abzustatten. Deshalb latsche ich nun zum Hauptquartier, dort wo die Faulpelze aus dem französischen und dem alliierten Stab schlafen.

Kürzlich habe ich mein Fünfbettzimmer verlassen und bin in ein Doppelzimmer eingezogen, das ich allein bewohne. Denn mein Mitbewohner J., ein gut aussehender Kerl, der perfekt Deutsch spricht, wohnt bei seiner Berliner Freundin. Ich sehe ihn nur im Büro, wenn überhaupt.

Schlafzimmer im französischen Generalstab, 1986

Zwar sehe ich nicht so gut aus wie er, aber dank meines unwiderstehlichen Charmes werde ich seinem Beispiel bald folgen und ein auserwähltes Exemplar der West-Berliner Bevölkerung ganz persönlich beschützen. So kommt es, dass dieses eine von den raren Doppelzimmern im Haus meist nur von unseren Ausrüstungen bewohnt wird, die brav wie Osterlämmer in den Metallschränken ruhen.

Ich lege mich aufs Bett, ohne mich beruhigen zu können. Die Republik ist wahrscheinlich nicht in Gefahr, aber ich kann diese Geschichte nicht für mich behalten. Es wäre das erste Mal, dass ich ein Geheimnis für mich behalte. Als Spion wäre ich, offen gesagt, eine Niete.

Es klopft. Sind die Russen schon da? Nein, es ist Christian, mein Nachbar, der stolz verkündet, dass die nächste Videovorstellung jede Minute beginnt. Videovorstellung - ein großes Wort für das, was folgt.

Vom grünsten Neuling bis hin zu unseren hervorragenden Unteroffizieren schaut jeder nur Kriegsfilme, meist amerikanische Filme über den Vietnamkrieg. Viele dieser Filme sind grottenschlecht. Die Rambo-Serie ist der Prototyp dafür.

Aber unter den Kriegsfilmen sind die berühmtesten und von den Truppen am meisten geschätzten, auch von der Einsatztruppe, seltsamerweise oft pazifistische Filme, die nicht einmal dumm sind. Das ist der Fall bei *Apocalypse Now* oder beim nagelneuen *Full Metal Jacket*. Wer weiß, wenn man sie oft genug gesehen hat, vielleicht gewöhnt man sich daran?

Wir haben auch ein Kino in der Kaserne, genannt *L'Aiglon*. Das Niveau des Programms steht in einem grausamen Kontrast zum hochtrabenden Namen[33]. In den achtzehn Monaten meines Aufenthalts habe ich dort nur einen einzigen Film gesehen, aber ich hatte Glück, es war: *Out of Africa*. Mozart im Busch, ein bisschen kitschig, wie mein Vater sagen würde, aber schön.

In der kommenden Nacht kann ich lange nicht einschlafen. Später träume ich in Technicolor von allen möglichen Folgen des gestrigen Nachmittags. Schließlich wache ich schweißgebadet auf und beschließe, gleich in der Morgendämmerung in den Stab zu fahren, um Kommandant Dublanc zu konsultieren.

Aber nicht ohne Frühstück! Mit diesem Gedanken falle ich in tiefen Schlaf. Erst die unmenschliche Kakofonie des Weckers

---

33 Mit „L'Aiglon" ist niemand anders als der einzige Sohn von Napoléon Bonaparte gemeint.

reißt mich aus meinen Träumen. Ich stehe auf, dusche, ziehe mich an und hole den Kombi vom anderen Ende der Kaserne.

Als ich zehn Minuten später zum Hauptquartier zurückkehre, warten meine drei Dolmetscherkumpane schweigend auf dem Bürgersteig. Sie steigen in den Kleinbus, knallen die Schiebetür zu und beginnen sofort über ihren Abend in den Bars von Kreuzberg zu sprechen. Ich sage nichts, was eher selten ist, aber niemand scheint davon Notiz zu nehmen.

Im ASB angekommen, bemerke ich, dass der Parkplatz für den Kombi schon von einem mit roter Flagge geschmückten schwarzen Wolga besetzt ist. Ich muss ausweichen. Wie jeden Morgen gehen wir in die Kantine, um unser fast reguläres Frühstück einzunehmen.

Dann durchqueren wir das Gebäude, um zum ASB zu gelangen. Elektrische Klingel, Kontrolle, die Tür öffnet sich. *„Morning!"*

Unsere Gruppe teilt sich automatisch auf, jeder geht an seinen Schreibtisch. Die Tür zum Raum meines Abteilungsleiters ist angelehnt. Ich klopfe diskret an. Er dreht sich zu mir um und grüßt mich, wie immer freundlich.

„Mein Kommandant, ich habe eine Frage ..." Kaum habe ich angefangen, meine Geschichte zu erzählen, winkt er ab. *„Ich werde für Sie einen Termin mit X, dem Leiter des Spionageabwehrdienstes im französischen Sektor, vereinbaren. Sie werden ihm alles sagen, was Sie wissen, und sonst niemandem!"*

„Vielen Dank, Mon Commandant!"

Ich gehe zurück an die Arbeit und begrüße wie jeden Tag meine britischen und amerikanischen Kollegen, die bald erscheinen.

Ich öffne den Safe, koche Kaffee und hole die Tagespost. Für die Katalogisierung der im ASB eingehenden Fachzeitschriften bin ich zuständig. Diese Hochglanzmagazine sehen aus wie Luxus-Mode-Kataloge. Von der ersten bis zur letzten Seite rühmen sie die neuesten Panzer, Boden-Boden- und Boden-Luft-Raketen oder einfach die neuesten Anti-Personen-Minen, die als hocheffektiv angepriesen werden. Wie die Spionage ist der Krieg in erster Linie Business, Big Business.

Um aufrichtig zu sein: Schon vor meinen Eintritt ins Militär war ich davon überzeugt. Jetzt aber habe ich Beweise. Das Komische ist, dass die meisten dieser großartigen Zeitschriften direkt aus der Schweiz kommen. Ich wusste bereits von der Schokolade und vom Bankgeheimnis, letzteres nur vom Hörensagen. Diese Schweizer Spezialität war mir neu. Doch darum geht es im Leben, man lernt jeden Tag etwas dazu!

Am Ende des Vormittags nähert sich der Kommandant meinem Arbeitstisch und kündigt mir leise an: *„BC Bouzac, Sie haben eine Stunde Zeit, um zum Spionageabwehrdienst auf dem Flugplatz zu gelangen. Fragen Sie nach Hauptmann X. Ich wünsche Ihnen viel Glück!"*

Ich packe schnell meine Sachen zusammen und stehe auf. Ich möchte auf das mir heilige Mittagessen keinesfalls verzichten. Wenn ich rechtzeitig fertig bin, ergattere ich vielleicht noch eine Portion Pommes in der Kantine des Quartier Napoléon.

Der Verkehr ist dicht, jedoch erreiche ich eine Viertelstunde zu früh das gesuchte Gebäude. Die James Bonds der Französischen Republik sind in einem kleinen, niedrigen Gebäude irgendwo auf dem Flugplatz neben dem zivilen Flughafen Tegel zu Hause. Es ist vielleicht der einzige alliierte Ort in West-Berlin, den ich noch nicht betreten hatte. Gleich ist es so weit.

Ich werde von einem fünfzigjährigen Mann etwas mürrisch begrüßt. Mit einer schnellen Geste lädt er mich ein, mich hinzusetzen und nimmt mir gegenüber Platz. Sichtlich ein wenig angespannt wartet er auf meine Geschichte. Ich erzähle sie, als wäre ich allein dabei gewesen. Mein Gesprächspartner zwingt mich, jedes zweite Wort zu wiederholen, die Zeit und den Ort anzugeben, die Fahrzeuge und die Personen noch einmal zu beschreiben.

Als ich beim entscheidenden Moment des Austauschs ankomme, springt der Chef des Geheimdienstes wie aus einem Schleudersitz aus seinem Stuhl, schlägt kräftig mit der Hand auf den Schreibtisch und brüllt: *„Verdammt noch mal, zur Hölle! Die Schweine ...“*

Im Gesicht rot wie eine Tomate läuft er dreimal durch den Raum wie ein verrückter Hund in einem Tex-Avery-Cartoon, bleibt schlagartig vor einer an der Wand hängenden Pinnbrett voller bunter Notizen stehen. Dort beruhigt er sich augenblicklich, dreht sich um und kommt zurück, um sich auf seinen Platz zu setzen.

Mit seinem inzwischen lila angelaufenen Gesicht erklärt er mir ruhig und mit - fast - leiser Stimme, ohne mir in die Augen zu schauen: *„Ich verfolge sie seit einem Jahr. Gestern standen wir hinter ihnen. Wir haben sie vor dem Haupteingang der Kaserne aus den Augen verloren. Wir mussten am Fußgängerübergang warten. Verdammter Tag der offenen Tür! Es wimmelte nur so von Menschen ... Sie haben es ausgenutzt ... Erzählen Sie weiter!“*

Den Rest der Geschichte serviere ich ihm in gekürzter Fassung. Dabei macht der Russe ein gutes Foto von mir, aber niemand erwidert ihm den Gefallen. Schade. Es ist bekannt, dass die Realität immer die Fiktion übertrifft.

Ahnt er etwas? Jedenfalls lässt er mich immer weiter alles wiederholen. Zu lügen gehört nicht gerade zu meinen Stärken. Ich will nicht behaupten, dass ich nie lüge oder dass es mir nicht gefällt, das wäre eine Lüge, aber wenn ich lüge, glaube nicht einmal ich mir selbst.

Schließlich scheint er doch davon überzeugt zu sein, dass ich die Wahrheit sage. Ich bin selbst überrascht über all die Details, die ich mir versehentlich gemerkt habe. Was ihm missfällt, ist offensichtlich, dass ein wie vom Himmel gefallener Bidasse bei einer Szene anwesend war, in die er seit Monaten eingreifen wollte. Entschuldigung, ich wurde schließlich auch nicht gefragt.

Neugierig wie ich bin, erkundige ich mich zum Schluss, was die beiden ausgetauscht haben könnten. Er zögert einen Moment und sagt dann mit einem Seufzer: *„Darum geht es ja, einmal sind es ein halbes Dutzend Playboy-Hefte gegen Wod-*

ka, das nächste Mal die Pläne des Kommandobunkers! Nach einer kurzen Pause fügt er hinzu: *„Das Theater ist jedes Mal dasselbe!"*

Nachdem ich ihm versprochen habe, ihn sofort über jeden neuen Vorfall zu informieren - er war vorsichtig genug, mir nichts zu versprechen - mache ich mich auf den Weg in die französische Kantine.

Einige Minuten vor Schließung erreiche ich sie. Ein Adjutant wie aus einer schlechten Militärkomödie - gibt es gute? - schreit mir ins Gesicht: *„Vorgesetzte werden gegrüßt!"*

Ich bin es nicht mehr gewohnt. Wenn ich alle Vorgesetzten, die ich den ganzen Tag im ASB treffe, begrüßen müsste, würde ich nichts anderes tun. Aber diese Erklärung interessiert diese Person, die die ganze Ehre der Trikolore verkörpert, nicht die Bohne.

„Ich werde dir die guten Manieren schon beibringen!" schreit er weiter und hüllt mich zugleich in eine Wolke billiger Ethylgerüche. Ich skizziere einen Gruß und beginne einzutreten. Ich habe keinen Grund, noch mehr Zeit zu verschwenden. Aber der Tölpel versperrt mir mit einer martialischen Geste den Weg, wie in einem peinlichen Remake von Ben Hur. Und brüllt mir ins Gesicht: *„Truppe, Zug?"*

Ich sage, so kühl, wie es meine Magenkrämpfe zulassen: *„ASB."*

„Was ist denn das?"

„Alliierter Stab Berlin" Teile ich ihm mit und achte auf die richtige Aussprache. Gutmütig, und um die Botschaft dem Diplodokus besser zu vermitteln, zeige ich mit dem Finger auf mein Abzeichen. Es heißt ja: Ein Bild sagt mehr als hundert Worte.

„Ich lasse mich nicht verarschen! Name deines Sergeants!"

„Colonel T., Leiter des ASB"

„Colonel?????? Verschwinde, aber dalli!"

Die Pommes sind natürlich alle. Kein Wunder, dass wir mit solchen Idioten viele Schlachten verloren haben! Ich esse Couscous, der zwar, wie es in einer französischen Werbung heißt, *nicht wie dort schmeckt (also im Maghreb), aber gar nicht übel mundet.*

Ich sah sie nie wieder: Weder den betrunkenen Adjutanten mit seinem lockeren Mundwerk noch Sylvie, die hübsche Blondine, oder René, den komponierenden Spion, auch nicht den Kerl, der die Pläne des Kommandobunkers gegen gepanschten Wodka tauschen wollte.

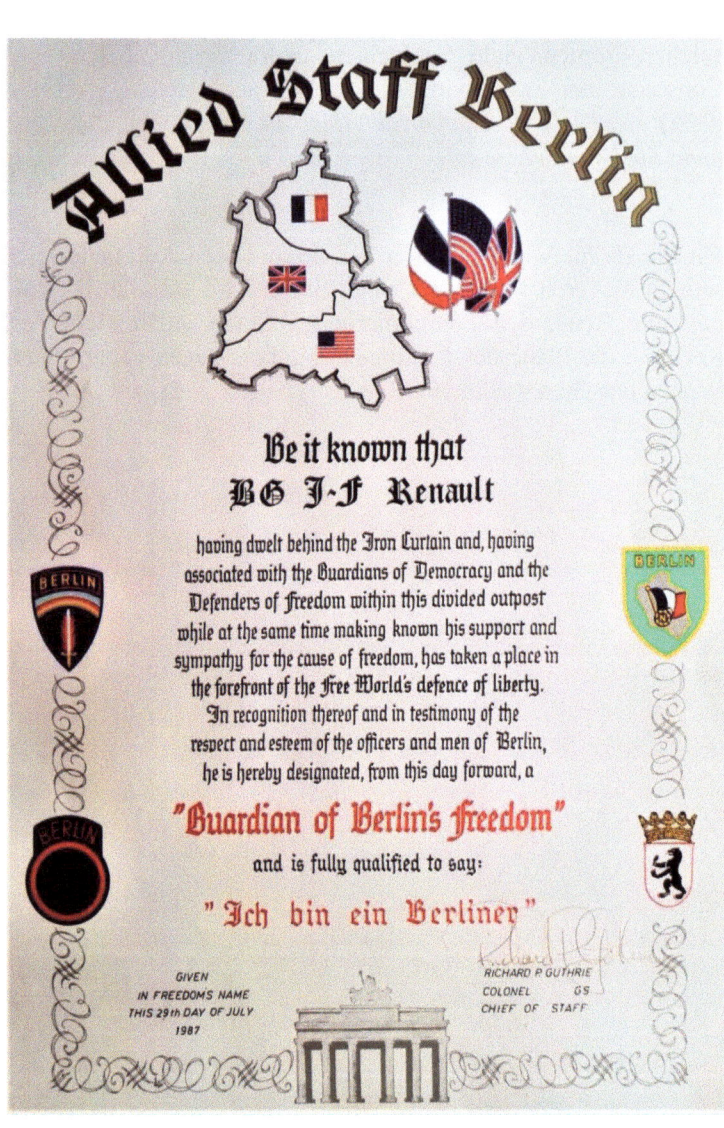

Beispiel eines ASB-Zeugnisses für VIPs, Berlin, 1987

Berlin als Zivilist - Berlin als Berliner!

Auch die schönsten Geschichten gehen irgendwann zu Ende. Als Andenken an meine Zeit beim ASB erhielt ich ein wunderschönes Zeugnis als *„Guardian of Berlin's Freedom"*, in gotischer Schrift bitte sehr. Dieses Dokument war den hohen Tieren - vielleicht sogar nur den Amis - vorbehalten. Ich war so frech, mir ein solches Geschenk zu wünschen und dieser extravagante Wunsch wurde genehmigt. Was gute Beziehungen ausmachen!

In der bunten Urkunde wurde mir einiges bescheinigt, sogar das Recht zu sagen: *„Ich bin ein Berliner"*. Das nahm ich beim Wort. Wie nicht wenige weitere ehemalige Angehörige der West-Alliierten Streitkräfte blieb ich in Berlin. Für die meisten von Ihnen - und für mich auch - galt der gleiche Grund: Die Liebe.

In West-Berlin ließ es sich damals recht gemütlich leben. Der Alltag in der Frontstadt war eine nur selten anzutreffende Mischung aus tiefster Provinzialität und *Place-to-be*-Gefühl. Das kulturelle Angebot war phänomenal und allen leicht zugänglich, da sehr preiswert oder gar kostenlos. Ich brauchte nur noch einen Job. Meine zwei Diplome aus Frankreich waren hier nicht viel Wert. Ein weiteres Diplom zu ergattern - egal *als wat* - kam nicht infrage. Mir blieb nur noch übrig, putzen zu gehen oder zu promovieren. Ich machte beides.

Zur Abwechslung bot ich nun meine Dienste als Nachhilfelehrer für die französische Sprache statt für Mathe, Physik und Chemie an. So lernte ich sehr unterschiedliche Leute kennen, die meisten davon waren hochbegabte Studenten.

Einer meiner „Schüler" fiel aus der Reihe: Er trug lange Haare wie ein Hippie aus den 1960er-Jahren und war so altmodisch gekleidet, dass es sogar mir auffiel. Wir trafen uns einige Male in Kneipen im Wedding. Bald wurde mir klar, dass er kein Geld für den Unterricht hatte und - im Nachhinein viel interessanter - jedes Mal aus Ost-Berlin kam. Sein Interesse für die französische Sprache erklärte er auf sehr abenteuerliche Weise.

Dann fing er an, mir konkrete Fragen über meine Militärzeit zu stellen; etwa nach der Zahl von Panzern bei bestimmten Manövern und ähnlichem. Das kam mir doch komisch vor und ich beendete unsere Beziehung kurzerhand.

Ich hatte mich um einen Job als Aushilfe in einem Weinfachhandel in Moabit beworben und wurde gleich wie ein Sklave behandelt. Auf einmal sollte die Arbeit schwarz sein. Nach einem Tag schwerer körperlicher Beschäftigung, voller wilder Beschimpfungen, dafür ganz ohne Lohn, fand auch diese Tätigkeit ein jähes Ende.

Der Vater meiner Freundin vermittelte mir einen Job in der Metall verarbeitenden Firma, in der er seit seiner Jugend und bis vor Kurzem als Werkzeugmachermeister gearbeitet hatte. Meine Aufgabe war einfach: In ganz West-Berlin lieferte und holte ich Teile ab. Meistens war ich im Wedding, in Kreuzberg und Neukölln unterwegs.

In der Regel fuhr ich mit einem Polo Break, manchmal, bei größeren und schweren Teilen, aber auch den mächtigen Mercedes vom Chef - mit Allradantrieb. Genau wie früher mit meinem Militärkombi verfuhr ich mich immer wieder. Im besten Fall stand ich in Verbindung mit meinem Reinickendorfer Arbeitgeber über Telefonate von den Partnerfirmen aus, welche ich in einer jeden Tag neu festgelegten Route abklapperte.

Dank dieser Arbeit lernte ich viele Hinterhöfe kennen und dazu zweifelhafte Arbeitsstätten, von denen ich nie gedacht hätte, dass es sie auch in Berlin geben könnte. Die metallischen Werkstücke wurden auf unterschiedlichste Art und Weise chemisch behandelt. In den von ätzenden Dämpfen erfüllten Räumen traf ich nur auf Ausländer. Ich wurde in Türkisch, Arabisch und weiteren mir ebenfalls unverständlichen Sprachen angesprochen. Französisch-, Englisch-, ja sogar Hochdeutschkenntnisse waren keine Hilfe. Für die Kommunikation eignete ich mir einige Brocken Berliner Dialekt mit orientalischem Tonfall an. Es klappte.

Bevor ich meine Tour starten konnte, erwartete mich eine strategisch anspruchsvolle Aufgabe. Wie gut, dass ich flott rechnen kann und mein Gedächtnis damals seine Blütezeit erlebte. Ich sollte, so schnell es ging, für die gesamte Belegschaft Wurst, Käse und was sonst noch für eine Pausenverpflegung taugt, einkaufen.

Mir blieb nur wenig Zeit, um die subtilen Unterschiede der deutschen Gastronomielandschaft zu lernen. Doch dieser Crash-Kurs wirkte Wunder. Nach kurzer Zeit wusste ich alles über den Reifegrad von Harzer-Käse, eingelegten Kartoffelsalat und das Jagdwurst-Sortiment. Der kleinste Fehler löste sofort ein Drama aus. Wer feine Leberwurst erwartet, kann nicht so schnell mittelgrobe Leberwurst verknusen. Das muss doch ein Franzos' verstehen können!

Nach dem Einkauf im Laufschritt, in direkter Konkurrenz mit den dreißig Minuten vor Öffnung des Supermarktes versammelten Rentnern, fuhr ich zurück in die Firma. Ich lief von Arbeitsplatz zu Arbeitsplatz, lieferte die Waren und rechnete mit jedem einzeln ab, auf den Pfennig. Meine Zeit war knapp bemessen, aber sie musste für die Erklärung reichen, warum die Lieblingssorte Käse gerade nicht vorrätig war.

Gleichzeitig erhielt ich befristete Stellen als Dozent für Nachhaltigkeitsfragen, vor allem zu abfallwirtschaftlichen Themen. Diese Situation veranlasste meinen Vater zu der Bemerkung: *„Wenn du bei der Müllabfuhr gelandet bist, ist deine Integration als Ausländer vollendet. Den Himalaja hast du gegen Abfallberge getauscht!"*

Beim ersten Versuch, einen Doktorvater zu finden, hatte ich in meinem Anschreiben alle Titel des durchaus berühmten Professors sorgfältig aufgelistet: *„Sehr geehrter Herr Prof. Dr. rer. Nat., Dr.-Ing., Dr. h. c. mult. Y..."*

Beim Vorstellungsgespräch sprach er mich darauf an und obwohl Eitelkeit ihm gar nicht fremd war, lachte er herrlich über diesen Fauxpas. Ich blieb nur wenige Monate bei ihm. Er hatte mich eher als Hilfsdozenten für seine Kurse und Übersetzer seiner vielfältigen Werke ausgewählt und weniger, um meine Doktorarbeit zu betreuen. Der Höhepunkt dieser neuen, kurzen Karriere bestand darin, dass ich als Kellner bei einer großen

Fachveranstaltung des Professors einen fantastischen San Gimignano entdeckte und gleich von diesem leckeren Tropfen einige Flaschen mitnehmen durfte.

Derart inspiriert startete ich bald ein eigenes Unternehmen, *"Pineau-Import"*. Ziel war es, bekannte (Cognac!) und weniger bekannte (Pineau des Charentes …) Produkte aus meiner Geburtsregion in Berlin zu vermarkten.

Schließlich begann ich mit einer Promotion an der Technischen Universität Berlin in Zusammenarbeit mit der Pariser Ingenieurhochschule für Bergbau. Als nunmehr offizieller Vollzeit-Forscher konnte ich mich voll und ganz auf die Wissenschaft und die Lehre konzentrieren. In den folgenden Jahren verweilte ich oft in der französischen Hauptstadt, sowohl beruflich als auch als Tourist auf dem Weg zwischen der Charente und Berlin.

Zu dieser Zeit hatte meine Freundin längst ihr Medizinstudium beendet und mit Promotion abgeschlossen. Sie hatte gleich eine Stelle als Forscherin und Internistin in einem kleinen katholischen Krankenhaus im Stadtzentrum gefunden und war rund um die Uhr im Einsatz.

Ein Highlight meines damaligen Lebens waren die Besuche bei der Ausländerbehörde, Friedrich-Krause-Ufer 24, in Moabit. Als Student musste ich alle sechs Monate ein neues Visum beantragen. Es war umständlich und teuer. Dagegen erhielt jeder Sprachkurs-Teilnehmer aus dem Ausland sofort ein kostenloses Dauervisum. Es wäre wahrscheinlich besser gewesen, mich in Paris oder sonst wo in Frankreich für so einen Kurs anzumelden. Stattdessen versuchte ich das Unmögliche: Mit einem deutschen Beamten zu kommunizieren.

So ein Besuch begann in aller Frühe und nahm viele Stunden in Anspruch. Am besten stellte man sich schon an lange bevor die Tür geöffnet wurde. Damals war dieser Standort der einzige für alle „Angelegenheiten des Aufenthaltsrechts" in West-Berlin.

Im lauten, überfüllten, stinkenden Warteraum herrschte Gleichberechtigung auf hohem Niveau. Ob EU-Bürger, US-Amerikaner oder Flüchtling, Baby oder Greis, alle wurden gleichermaßen übel behandelt.

Als ich nach mehreren ermüdenden Aufenthalten und wie üblich nach mehrstündiger Wartezeit endlich dran war, stellte ich die lang überlegte Frage, weshalb ich als Student so oft ein Visum bräuchte.

Der Herr hinter der Glasscheibe antworte sehr ruhig: *„Hier entscheide ich ganz allein! Wenn ich will, kriegst du heute ein Visum, das nur bis morgen gültig ist. Dann kommst du nicht mehr alle sechs Monate, sondern jeden Tag hierher. Und das so lange wie es mir gefällt!"*

Nicht jeder Berliner war mir für meine frühere, so überaus heldenhafte Tätigkeit als Mitglied der alliierten Schutzmacht dankbar.

Berlin Museum (jetzt Teil des Jüdischen Museums), Kreuzberg, Winter 1986-1987

Von Berlin an der Charente zum europäischen Bürgerkrieg ...

Langsam kennen Sie mich: Übertreibung ist mir völlig fremd, ja für mich unerträglich. Und wenn ich sage, dass Berlin vom schönsten Fluß im Königreich Heinrichs IV. (der Charente) bewässert wird, dann nur deshalb, weil es so ist.

Die ganze Wahrheit erfuhr ich an einem sonnigen Nachmittag, bei einem Besuch in Ost-Berlin, auf dem Gendarmenmarkt, im Herzen des historischen und damit französischen Viertels, und zwar im Hugenottenmuseum im zum 750. Jahrestag der Gründung beider Stadthälften frischrenovierten Französischen Dom.

Die Wände des Museums aus Kalksteinblöcken - eine Rarität in den Brandenburger Sümpfen - sind mit Kupferstichen aus dem 17. und 18. Jahrhundert behängt, die *Jarnac, La Rochelle* ... und weitere Städte meiner Heimat (die Départements der Charente und der Charente maritime[34]) darstellen. Dieser erste Eindruck sollte beim zweiten Besuch, viele Jahre später, stark abgeschwächt werden.

Als ich Anfang 1986 nach Berlin kam, hatte ich erwartet, auf eine strenge Stadt voller großer, blonder und disziplinierter Preußen zu treffen. Inzwischen weiß ich, dass Berlin genau das Gegenteil ist, nämlich die ungeordnetste, verrückteste, rebellischste und vielleicht französischste Stadt im Lande! Andere Einflüsse, insbesondere slawische, jüdische, baltische und mediterrane, haben ebenfalls reichlich zu dieser sympathischen Situation beigetragen.

Es ist eine alte Geschichte. Friedrich Wilhelm, der Große Kurfürst von Brandenburg und Herzog in Preußen, hatte die recht originelle Idee, eine große Zahl von Ausländern in das von Krieg und Pest verwüstete und entvölkerte Fürstentum Brandenburg zu locken.

---

34 *Damals hieß es Charente inférieure.*

Nachdem er viele niederländische und österreichische Juden aufgenommen hatte, erkannte er die Chance, die in der Aufhebung des Edikts von Nantes lag. Seine Antwort war das Edikt von Potsdam, das den Hugenotten, die aus dem Königreich Frankreich, der damaligen europäischen Supermacht, vertrieben worden waren, freie Einreise und Ansiedlung zu attraktiven Bedingungen in Brandenburg versprach.

Unter den Flüchtlingen, von denen die meisten aus dem Languedoc, der Champagne und Lothringen kamen, stammten nicht wenige aus der Charente.

Zu den Nachkommen der Hugenotten gehörte auch *Theodor Fontane*, einer der größten deutschen Schriftsteller. Seine Familie väterlicherseits, deren Name damals noch *Fontaine* geschrieben wurde, soll aus der Saintonge, dem Gebiet um die Stadt Saintes in der Charente maritime und um Cognac, herstammen.

Sicher ist eins: Der Besuch der Saintonge durch Fontane wurde für ihn zum Schlüsselerlebnis. Als Kriegsberichterstatter im französisch-preußischen Krieg unterwegs, besuchte er aus persönlichem Interesse am 5. Oktober 1870 das Dorf Domrémy, den Geburtsort von Jeanne d'Arc, in Lothringen. Da er für diesen Besuch keine Genehmigung hatte und bewaffnet war, wurde er als Spion festgenommen. Am 10. November kam er als Gefangener auf die Insel Oléron, in die Zitadelle von Château d'Oléron.

Als hoher Offizier eingestuft, wurde ihm ein Bursche zugeteilt. Dieser hieß Max Rasumofsky, kam aus Posen, war Totenkopf-Schwarzer Husar, Schneider und „Sammler". So fand er zum Beispiel goldene Epauletten eines französischen Generals, die er einige Tage trug. Fontane war sowohl von Max vielfältigen Fähigkeiten als auch von der Freundlichkeit und Kultiviertheit seiner „Gastgeber" angetan. Der bisher stark anglophile Fontane entdeckte unerwartet seine Liebe für Frankreich. Später, als er als berühmter Autor und Publizist immer häufiger Preußen kritisierte, berief er sich stolz auf seinen romanischen Ursprung.

Charentais oder nicht: Das hugenottische Erbe ist in der Berliner Region sehr präsent. Diese Geschichte einer nahezu perfekten Integration wird allgemein als positiv angesehen und hat mir den Austausch mit der lokalen Bevölkerung mehrmals erleichtert. Weder die Briten noch die Amerikaner haben eine vergleichbare historische Erfahrung vorzuweisen. Von den uralten gemeinsamen fränkisch-sächsischen Wurzeln ganz zu schweigen!

Theodor Fontane & Max Rasumofsky, Kriegsgefangene, Zitadelle von Château d'Oléron (1870), 2020

Was die Russen betrifft, so haben sie zwar ebenfalls eine lange gemeinsame Geschichte mit der Region, wie die schöne Kolonie Alexandrowka im Herzen Potsdams zeigt, doch oft werden sie wohl zu schnell mit dem Bösen gleichgestellt. Sie haben den Krieg gewonnen. Ihre Truppen eroberten Berlin, Viertel für Viertel, Gebäude für Gebäude, Trümmerhaufen für Trümmerhaufen. Sie hatten damit nicht begonnen ...

Viele historische Gebäude weisen mehr als vierzig Jahre nach Kriegsende unzählige Spuren von Geschosseinschlägen auf, so als ob sie von einem Gletscher gestreift wurden. Viele der zerstörten Bauwerke sind immer noch nicht wiederaufgebaut. Selbst im Stadtzentrum gibt es viel Brachland.

Es spielt beim schlechten Image der Russen beziehungsweise der Sowjets keine Rolle, dass die meisten Zerstörungen durch ("faschistische", wie sie in der DDR genannt werden) Luftangriffe und nicht von den Straßenkämpfen herrühren. Die Spuren des Traumas, das die sowjetischen Truppen nach der Eroberung der Stadt hinterlassen haben, sind in den Köpfen der Menschen tief verwurzelt. Es gibt nur wenige schriftliche Berichte. Bis heute ziehen es die meisten Opfer, aber auch die Täter oder die vielen passiven Zeugen vor, zu schweigen, selbst wenn dies bedeutet, die Erinnerungen mit ins Grab zu nehmen.

Diese sehr reale, demütigende Erfahrung hatte einen unbestreitbaren Vorteil. Sie verdunkelte, was vor den Massakern und Serienvergewaltigungen durch die Rote Armee geschehen war. Die ehemalige Reichshauptstadt, die zwölf lange Jahre fanatische Nazis, aber immerhin auch mutige Widerstandskämpfer hervorbrachte, und von wo aus sich das Grauen über viele Kontinente ausbreitete, gerierte sich nun als Opfer.

Beim Versuch zu verstehen, wie es dazu kommen konnte, hilft mir die Erklärung meines Vaters, der in der Geschichte der ersten Hälfte des zwanzigsten Jahrhunderts einen einzigen europäischen und dann Weltbürgerkrieg sieht. Ein Krieg mit vielen unfreiwilligen Statisten, die vor allem - verständlicherweise - daran interessiert sind, den nächsten Moment zu überleben.

Es verwundert nicht, dass der Kalte Krieg - der nichts weiter als die letzte Etappe dieser traurigen Geschichte ist - und seine stark vereinfachende neue Weltordnung willkommen sind. Warum sich die Mühe geben, das Unverständliche zu verstehen? Die Guten auf dieser Seite, die Bösen auf der anderen Seite der Mauer.

Lassen Sie uns die Vergangenheit vergessen[35]. Wie schön, dass sich beide Seiten in diesem Punkt einig sind! Aber das ist noch nicht alles.

Wenn wir den Zeitzeugen des Mauerbaus, die sich zum 25. Jahrestag vermehrt zu Wort gemeldet haben, glauben, so haben die westlichen Alliierten den Bau geschehen lassen, um den Frieden zu erhalten. Ein Argument, das umso überraschender ist, als es auch dasjenige war, das von Anfang an von der DDR vorgebracht wurde. Da gibt es sicherlich noch viel Gesprächsstoff für Historiker!

Anlässlich des 25-jährigen Jahrestags - oder doch Jubiläums? - des Mauerbaus fuhr ich mit Freuden ins Restaurant nach Treptow. Im Foyer lag die ostdeutsche Zeitung Neues Deutschland. Auf der Titelseite stand, ohne dass jemand dabei errötet wäre, ein unbestrittener Vorteil der Kommunisten: *„Der antifaschistische Schutzwall ist der Garant für den Frieden in Europa!"*

Das ist ja Pech: Dieses Meisterwerk der modernen Architektur, seit seiner etwas überstürzten Entstehung im August 1961 unermüdlich gepflegt und perfektioniert, kommt in die Jahre. Man sollte aber bedenken, was die Geschichte der Großen Mauer und der Maginot-Linie lehren: Perfektion, ob real oder nicht, ist völlig nutzlos.

Eingesperrte Völker haben mit Eindringlingen - und mit Wasser - gemeinsam, dass sich am Ende immer ein Durchbruch finden lässt, selbst wenn das bedeutet, dass man das Hindernis umgehen muss.

---

35 *Dieser Satz ist eine direkte Übersetzung aus dem Lied „Die Internationale" in der französischen Originalfassung. Auf Deutsch heisst es „Reinen Tisch macht mit dem Bedränger!", was wohl etwas ganz anderes ist.*

Sonderbriefmarke der DDR "25 Jahre antifaschistischer Schutzwall" (1986)

Seit Monaten folgen die unglaublichsten Nachrichten in rasendem Tempo aufeinander. Die Ungarn haben ihren Grenzzaun zu Österreich mit der Drahtschere zerschnitten und für die DDR-Bürger geöffnet.

Sie haben ein Tor erzielt mit einem Ball, der mehrmals gespielt wurde, in Berlin, Budapest, Praha, Gdańsk oder anderswo. Jedes Mal war der Ball kurz vor der Linie in eine Ecke gerollt und wartete auf einen glücklicheren Spieler. Nun ist es so weit!

Am 4. November 1989 helfen wir Freunden beim Streichen ihrer Wohnung. Horst hat eine Forschungsstelle in Bonn erhalten, seine Frau folgt ihm. Sie wohnt seit Jahren im obersten Stockwerk des ehemaligen Weinhauses Huth, dem einzigen noch erhaltenen Gebäude am sonst menschenleeren Potsdamer Platz, und wird bald im *Bundesdorf*, wie es spöttisch heißt, also in der Noch-Hauptstadt am Rhein zu Hause sein.

Mit einer Rolle oder einem Pinsel in der Hand sprechen wir über alles und jedes, ohne besonders dem Radio zu folgen, das nebenher läuft. Das ändert sich schlagartig, als live ein Bericht über die größte Veranstaltung, die jemals in der DDR stattgefunden hat, gesendet wird. Gebannt hören wir den Rednern auf dem Alexanderplatz zu.

Die Reden von Parteibonzen und Oppositionellen reihen sich aneinander und klingen überraschend ähnlich, soweit man es versteht. Nicht die geringste Spur von Revolution in diesen braven Aussagen, die bei den regimetreuen Rednern durch Buhrufe überdeckt und bei ihren Gegnern wegen des Jubels ebenfalls schwer verständlich sind.

Alle - sechsundzwanzig von ihnen geben sich das Mikro in die Hand! - wünschen schüchtern einen *demokratischen Sozialismus*. Was kann das bloß sein? Wie kann man nach vierzig Jahren in der DDR an so etwas glauben? Niemand denkt (laut) über das Ende des Regimes nach, geschweige denn über Wiedervereinigung, D-Mark oder Marktwirtschaft.

Zum ersten Mal haben Vertreter der Kirchen, der Umwelt- und Friedensbewegung, allesamt ernsthafte Regime-Gegner in Ostdeutschland, eine Stimme und werden von der Menge gehört. Ihre Forderungen werden im nationalen Radio übertragen!

Doch alle Redner äußern sich noch sehr zurückhaltend. Wenige Monate nach den Ereignissen auf dem Tien An Men-Platz herrscht große Angst vor der sogenannten *chinesischen Lösung*, die auf höchster Ebene des Staatsapparates, insbesondere von Honeckers Nachfolger Egon Krenz, in Betracht gezogen wird.

Es gibt in diesem kleinen Land Millionen von bewaffneten Menschen und sehr viele Spione, die seit ihrer frühesten Kindheit indoktriniert wurden, um ihrem sozialistischen Staat um jeden Preis zu dienen, ohne Mitleid mit den als Verräter Diffamierten.

Im Juni 1953 protestierten hinter dem Eisernen Vorhang Ostdeutsche als erste gegen die Folgen der sowjetischen Besatzung. Niemand in der DDR hat die brutale Niederschlagung dieser Rebellion durch die Panzer des großen Bruders vergessen.

Diese außergewöhnliche Situation, in der die Opposition das Recht hat, laut und öffentlich von einer besseren DDR zu träumen, wird nur wenige Tage dauern und bald von der Wende, vom Fall der Mauer und der Implosion des Sowjetsystems hinweggefegt werden.

Am 9. November 1989 erhalte ich spät abends einen Anruf. Von seinem Dorf in den *Borderies*[36] aus erzählt mir mein Vater, dass die Berliner Mauer gerade geöffnet wurde. Er hat es im Fernsehen gesehen, sagt er mir. Ich erzähle die Nachricht meiner Frau weiter, die wie ich nach einem langen Arbeitstag müde ist. Sie hatte in den letzten Monaten viele Nachtschichten im Krankenhaus. Um die wenige Zeit, die wir zusammen haben, optimal zu nutzen, passe ich meine Arbeitszeit ihrer an.

---

36 *Die Borderies sind ein Cru im Weinbaugebiet von Cognac.*

Da ich eine Doktorarbeit in Umweltwissenschaften vorbereite, genieße ich die ruhigen Abende an der Uni.

Aber wiederholte Änderungen im Tagesablauf ruinieren am Ende die Gesundheit. Eher benommen nehmen wir diese erstaunliche Information zur Kenntnis, ohne ihr wirklich Glauben zu schenken. Dann gehen wir ins Bett, als ob nichts passiert wäre, wie übrigens viele Bewohner dieses Landes auch.

Als wir am nächsten Morgen unsere Wohnung verlassen, die sehr nahe an der Grenze liegt, am Dreieck zwischen Reinickendorf und Wedding (im Westen) und Pankow (im Osten), wundern wir uns über den Verkehr. Stau in der nicht umsonst so genannten Provinzstraße! Das gab's noch nie!

An der Bushaltestelle angekommen, befinden wir uns inmitten einer Gruppe von Menschen, die den Schimpftiraden zufolge, die sie ablassen, schon lange auf den Bus warten. Aber ein Berliner, der nicht meckert, ist kein wirklicher Berliner, erst recht, wenn er seine Umgebung an der Motzerei teilhaben lassen kann.

Der Bus, auf den wir vergeblich warten, steckt im Stau, nicht weit von hier, wie wir mit eigenen Augen sehen können. Am Ende kommt er doch zu uns, zum Bersten voll. Wir steigen ein und tragen zu einer signifikanten Steigerung der Bevölkerungsdichte pro Quadratmeter bei, die schon außergewöhnlich hoch war. Der Bus fährt im Schritttempo, in dem ununterbrochenen Fluss, der weiterhin die Straße erfüllt.

Nach zehn Minuten haben wir gut zweihundert Meter zurückgelegt. Der Fahrer kündigt uns dann übers Mikrofon an: *„Sie können tun, was Sie wollen, aber glauben Sie mir, am besten steigen Sie wieder aus und gehen zu Fuß zur nächsten U-Bahn-Station."*

Welch eine Weisheit! Gesagt, getan. Wir steigen in einer ungeordneten Herde mitten auf der Straße aus. Das ist wirklich ein Ding, denn ein germanischer Bus hält nie und nimmer zwischen zwei Haltestellen und das auch noch weit weg vom Bürgersteig! Als wir die Drontheimer Straße erreichen, grüßt uns eine den Atem raubende Wolke aus blauem Rauch. Durch die

Rauchschwaden sehen wir Menschen, viele Menschen, die in engen Reihen von links nach rechts, also von Ost nach West, marschieren. Auf dem Bürgersteig wimmelt es nur so von Menschen, jung, alt, Familien mit Kinderwagen ... Die Leute treten auf der Stelle in einer erstaunlichen Ruhe. Die Stadt ist zu klein, um so viele Besucher auf einmal zu empfangen.

Einige hundert Meter von der Osloer Straße entfernt spricht uns ein zurückhaltender junger Mann an und fragt mit leiser Stimme: *„Sind Sie von hier ... oder ... einfach so?"* Zunächst verstehen wir sein Kauderwelsch nicht. Erst, als wir an der Ecke ankommen, wird alles klar. Er hat uns nur schüchtern gefragt, ob wir aus dem Westen oder wie er aus dem Osten sind. Vermutlich sucht auch er nach einem Ausgang.

Die vier Fahrspuren der Osloer Straße sind durch rauchende, klapprige Trabis völlig versperrt, die Gehwege sind zwar breit, reichen aber längst nicht aus, um den Exodus der Ost-Berliner Bevölkerung zu fassen. Ein Exodus, wie ich ihn bisher glücklicherweise nur im Kino gesehen habe, allein, dass dieser zutiefst friedlich, eher geordnet und doch sehr real ist. Der Besucherstrom überquert die Grenze über die Bornholmer Brücke, die einzige im Bezirk. Bis gestern Abend war sie für den Verkehr gesperrt.

Getragen von der Menge bewegen wir uns zum Eingang der U-Bahn-Station Osloer Straße. Wir hatten geplant, dort in Richtung Stadtzentrum zu fliehen, wurden aber bald entmutigt, da der Bahnhof gerade von der Polizei geschlossen worden war. Man sagt uns, es sei "aus Sicherheitsgründen", denn es sind bereits so viele Menschen drin, dass Neuankömmlinge die Wartenden ungewollt auf die U-Bahn-Gleise stoßen würden.

Wir warten und lassen uns in der Menschenmenge treiben, spüren dabei die seltsame, zwischen Bedrückung und Euphorie changierende Atmosphäre.

Mit mehr als zwei Stunden Verspätung komme ich im Büro an. Es befindet sich in einem weißen Turm, einem Elfenbeinturm? Ganz in der Nähe liegt der Zoo. Abends hört man die barocke Polyfonie der singenden Sumatra-Affen, und manchmal die melancholischen Raubkatzen, die sich gegenseitig Geschichten aus ihrer Heimat erzählen.

Auch die Kollegen haben sich verspätet. Nach und nach trudeln sie ein. Alle haben ihre Geschichte zu erzählen. Es ist immer die gleiche Geschichte. Alle sind aufgeregt. Der Direktor des Instituts wartet noch eine halbe Stunde, bevor er uns in den Sitzungssaal ruft. Dort verkündet er fröhlich: *„Dies ist ein historischer Tag! Einen historischen Tag verbringt man nicht im Büro. Die Mauer ist offen, gehen wir hin!"*

Ost-Berlin, 10. November 1989, Bornholmer Brücke, 2019

Von unserem Institut an der Technischen Universität Berlin aus ist die Grenze nicht weit entfernt. Aber dort sind die Bürgersteige überfüllt. Wir sind auf dem Weg zum Potsdamer Platz. Bald verliere ich den Rest der Mannschaft und lasse mich in der Menge treiben, wie ein Stück Holz, das auf dem Meer schwimmt, wie ein *Staubkorn im Sturm*[37]? Die Menschen lächeln, lachen, grüßen Fremde, als wären sie alte Freunde. Erschöpft fahre ich schließlich nach Hause.

Später machen Katrin, meine Frau, und ich eine Fahrt auf dem Ku'damm, der großen Einkaufsstraße des Westens, die selbst zu Weihnachten noch nie so viele Einkaufsbummler erlebt hat wie an diesem Tag. Überall blockieren endlose Schlangen die Bürgersteige.

West-Berlin, 10. November 1989, Wollankstraße, 2019

Es sind Ostdeutsche, die artig darauf warten, ihre hundert D-Mark *Begrüßungsgeld* zu kassieren, Geschenk des Bundes an die verlorenen Schafe, die sich endlich der großen Herde angeschlossen haben.

---

37 *So heißt das erste Band der Autobiographie meines Vaters, in dem es vor allem um seine Erlebnisse im 2. Weltkrieg geht.*

Als *Wessis* freuen wir uns über die verblüfften Blicke und die uns oft naiv erscheinende Kommentare der Besucher. Von ihrem Begrüßungsgeld kaufen sich einige von ihnen Süßigkeiten, Katzenfutter, eine Currywurst - oder wovon sie seit Jahren träumen. Wir verbringen das ganze Wochenende im Ost-West-Gedränge. Von der Bornholmer-Brücke spazieren wir zum Potsdamer Platz und weiter bis zu den Grenzübergängen in Kreuzberg. Dabei bleiben wir ausschließlich auf der Westseite. So grotesk das klingen mag: West-Berliner dürfen nicht in den Osten! Theoretisch ist es durchaus möglich. Wie bisher sind Voraussetzungen Mindestumtausch und Tagesvisum. Noch ist diese Routine in Kraft. Aber Routine mitten in einer Revolution - da machen wir nicht mit!

Kreuzberg, 10. November 1989, Acrylfarben, 2020

Es wird bis Weihnachten dauern, bis wir ohne Formalitäten rüber dürfen - ein letztes "Geschenk", das uns das ostdeutsche Regime - oder was von ihm übriggeblieben ist - macht. Aber jetzt, im November, scheint die Sonne hell. Für die Jahreszeit sind Temperatur und Licht ein reines Wunder. Aber wir nehmen es einfach so hin. Niemand ist mehr überrascht, weder vom Wetter noch von etwas anderem.

Ost-Berlin, 31. Dezember 1989 - Danke, Reiner!

Überall sind Bananenhändler aufgetaucht. Sie verkaufen die Früchte, die angeblich die gute Seite des Kapitalismus symbolisieren, direkt aus Pappkartons vom Großmarkt.

In der Woche danach fahre ich in die *Cité Foch*, den größten Wohnsitz des französischen Personals, um der Tochter eines ehemaligen ASB-Kollegen eine Mathematikstunde zu geben. Natürlich sprechen wir über die Ereignisse. Sichtlich verunsichert gesteht er mir, dass er die Nachrichten aus dem Fernsehen erfahren hat. Wie alle anderen. Der Mann ist niemand anderes als der Leiter des ASB-Geheimdienstes.

Zwanzig Jahre später (2009)

Jeden Morgen, wenn ich mit der S-Bahn aus meinem grünen Brandenburger Vorort ankomme, steige ich am Bahnhof Potsdamer Platz aus. Dieser Platz, einer der belebtesten vor dem Krieg, war achtundzwanzig Jahre lang das größte Niemandsland an der Berliner Mauer. Der westliche Teil des Platzes empfing Horden von Touristen aus der ganzen Welt, die wie auf einer Safari von Holzplattformen aus die Menschen auf der anderen Seite beobachteten. Von den Gebäuden des einst belebten Platzes standen nach den Zerstörungen des Zweiten Weltkrieges nur noch das Weinhaus Huth und die Ruinen des Grand Hotel Esplanade.

Letzteres ist ein Fossil aus den goldenen Zwanzigerjahren, in dem unter anderem Charlie Chaplin, Greta Garbo und Billy Wilder übernachteten. In diesem Hotel trafen sich die Mitstreiter der Verschwörung des 20. Juli 1944, dem gescheiterten Attentat auf den minderbegabten österreichischen Maler A. H. Kinoliebhaber kennen das Gebäude aus den Filmen *Eins, Zwei Drei*, *Cabaret* oder *Der Himmel über Berlin*.

Jeder Chemiker wird es Ihnen bestätigen: Ein leerer Raum bleibt selten lange leer. Auf dem Potsdamer Platz sah ich, wie die Polizei die Besetzung des in der Nähe gelegenen Lenné-Dreiecks durch linksalternative Demonstranten auflöste, beobachtete unpolitische Amateur-Fußballer, bescheidene kleine Flohmärkte und nicht zuletzt den finsteren sogenannten Polen-Markt, auf dem man alles finden konnte, und vor allem das Gegenteil. Einzig zählte, dass alles sehr billig war, so wie diese in Zellophanpapier eingewickelte Butter, die nur eine Zeitung von dem Sumpf trennte, aus dem damals der Platz bestand.

Dann gab es noch die "M-Bahn", die experimentelle Magnetschwebebahn, die auf ihrer Teststrecke vom Gleisdreieck zum Kemperplatz in der Nähe der Philharmonie geräuschlos direkt vor der Mauer fuhr. Nach 1989 wurden der Potsdamer Platz und sein Nachbar, der Leipziger Platz, im Stil der neunziger Jahre wiederaufgebaut, mit viel Glas, wenig Charakter und einer gesalzenen Energierechnung. Sony, Deutsche Bahn und

Daimler-Benz, jeder dieser Großkonzerne hat dort sein eigenes Zentrum. Das Huth-Haus ist in den Daimler-Benz-Block integriert worden.

Vom ehemaligen Luxushotel war nur noch der denkmalgeschützte Kaisersaal und der Frühstücksraum erhalten geblieben. Man musste wahrscheinlich Japaner sein, um sich dazu bereit zu erklären, diesen Raum, zugegebenermaßen ein kaiserlicher Raum, auf einem Luftkissen über eine Entfernung von fünfundsiebzig Metern zu transportieren. Die Berliner Behörden hatten dies beim Verkauf der Ruine zur Bedingung gemacht. Der Frühstücksraum des Hotels wurde in fünfhundert Einzelteile zerlegt und dann wiederaufgebaut. Beide Baureste sind jetzt Teil des Sony Centers.

West-Berlin, 11. November 1989, am Martin-Gropius-Bau

Ich wende mich nach Süden und biege bald links in die Niederkirchnerstraße ein. Nach ein paar Hundert Metern stehen sich zwei große neoklassizistische Gebäude gegenüber. Auf der linken Seite befindet sich das Berliner Abgeordnetenhaus und auf der anderen Straßenseite eines der vielfältigsten Museen der Stadt, der Martin-Gropius-Bau im Neorenaissancestil. Gleich hinter dem Museum endet der Bürgersteig an einem Metallgitter. Hinter dem Tor befinden sich einige hundert Meter der letzten authentischen Stücke der Mauer.

Die Berliner Mauer wurde aus dreieinhalb Meter hohen Betonelementen gebaut, oben von Betonröhren überdeckt, um mögliche Fluchten zu erschweren. Diesem besonderen Bauwerk haben die gewaltsamen Angriffe der *Mauerspechte* stark zugesetzt. So nannte man diejenigen, die kurz nach der Öffnung der Grenze mit Hammer und Meißel bewaffnet auf die Mauer zustürmten und versuchten, sie verschwinden zu lassen oder zumindest einige Teile davon zu bergen, um sie auf ihrem Kaminsims zur Schau zu stellen, der Familie in Bayern zu schenken oder im großen Stil an Touristen zu verscherbeln.

Die Werke der Amateur- und Profimaler, die entgegen einer weit verbreiteten Meinung nur innerhalb weniger Stunden entstanden sind, haben stark darunter gelitten. Die Metallstruktur des Betons ist an vielen Stellen sichtbar und verrostet. Zeitweise gelang es den Spechten, den antifaschistischen Schutzwall zu durchbrechen. Ein Blick durch die Löcher lohnt sich. Nicht, dass es viel zu sehen gäbe, außer einer Baustelle mit Kränen. Ein weiteres Museum steht kurz vor der Eröffnung. Dieses wird das neue Dokumentationszentrum zur Ausstellung *Topographie des Terrors* beherbergen. Der Ort ist prädestiniert, er war bis 1945 Sitz des Reichssicherheitshauptamtes, einem der größten Terrorapparate der Nationalsozialisten.

Wenn man weiter nach Osten läuft, kommt man an leerstehenden Grundstücken, alten renovierten Gebäuden und nagelneuen Wohnungen vorbei, ein ständig erneuertes, für das Stadtzentrum typisches Patchwork. Bald überquert man eine schmale Straße mit wenig Reiz. Am frühen Morgen ist niemand in der Nähe, außer einigen wenigen Angestellten auf dem Weg in ihre Büros und ein paar Japanern, die in aller Ruhe Fotos schießen. Dann kommen Busse an und spucken Ströme mehrsprachiger, sich gegenseitig fotografierender Touristen aus, die nichts als Müll hinterlassen.

Die kleine Holzhütte in der Mitte der Straße, die von einer amerikanischen Flagge überragt wird, ist die Nachbildung des Grenzübergangs, der als Checkpoint Charlie bekannt ist. Schauspieler in den Uniformen der vier alliierten Mächte und der NVA - was historisch betrachtet absoluter Unfug ist - posieren für ein Erinnerungsfoto gegen klingende Münze.

Auf dem Boden verläuft eine Linie aus zwei parallelen Reihen großer Granitpflastersteine, die den Verlauf der ehemaligen Mauer nachbilden. Wir haben die Zimmerstraße erreicht.

Die Touristen, die meisten sind recht jung, werden später das Mauer-Museum nebenan besuchen. Mit einem Café Latte to go in der Hand amüsieren sie sich prächtig. Gestern noch haben sie auf den grauen Steinen des Holocaust-Mahnmals neben dem Brandenburger Tor gepicknickt, morgen werden sie das Stasi-Museum und das ehemalige Konzentrationslager in Sachsenhausen bei Oranienburg, nördlich der Stadt, besuchen. Ein Teenager mit südfranzösischem Akzent sagt zu seinem Nachbarn: *„Es erinnert mich an unser Wochenende in Rom, das Kolosseum und die Thermalbäder von ... Wie hieß er nochmal?"*

Holocaust-Denkmal, Berlin, August 2005

Von der Geschichte eingeholt

Ende 2012 wurde ich von meiner Freundin Bianca zu einer Vernissage im Berliner Landesarchiv eingeladen. Die Ausstellung *Sektoren(ein)blicke*, die sie als Kuratorin im Rahmen des Europäischen Monats der Fotografie organisiert hatte, war dem Leben der Alliierten in Berlin zwischen 1945 und 1990 gewidmet. Es waren wenige, sehr gut ausgewählte Schwarz-Weiß-Fotografien aus den vier ehemaligen französischen, amerikanischen, britischen und sowjetischen Sektoren. Die Einführungsrede war brillant, die musikalische Begleitung einfach nett.

Ein besonderer Moment für mich war der Eröffnungsvortrag der Direktorin des Alliierten-Museums in Zehlendorf. Frau Dr. Gundula Bavendamm sprach unentwegt über die Veteranen und ihre Verbände. Ich musste der Tatsache ins Auge blicken, dass ich einer der Veteranen war, von denen geredet wurde. Ja, ich war einer von ihnen. Das ist wohl die letzte Bezeichnung, die mir eingefallen wäre, hätte man mich gebeten, mich vorzustellen ...

Die zweite Überraschung des Tages war nicht weniger beeindruckend. Unsere Historikerin erzählte vom Leben der Alliierten in West- und Ost-Berlin. Als Historikerin. Einige kleinere Fehler haben mich einen Moment lang irritiert. Sogleich dachte ich an meinen Vater, der mir von seinen Enttäuschungen bei Treffen mit auf den Zweiten Weltkrieg spezialisierten Historikern erzählt hatte. Einer von ihnen, der nicht zimperlich war, hatte ihn gefragt: *„Also, Mr. Renault, was waren Sie? Ein Held oder ein Arschloch?"*

Mein armer Vater hatte versucht, dem Fachmann zu erklären, dass er in seinem Leben nur sehr wenige Vertreter dieser beiden Extremfälle erlebt hatte; dass er, wie die meisten Menschen, die er damals kannte, zu sehr damit beschäftigt war, Essen, Getränke, Treibstoff, Arbeit und sogar einen Platz zum Schlafen bis zum nächsten Tag zu finden, als sich auf Abenteuer, ehrenwerte oder andere, einzulassen. Nichts half, der

Historiker, bewaffnet mit Diplomen und Überzeugungen, kam zu dem Schluss, dass er es mit einem Idioten zu tun hatte.

Mein Vater - definitiv kein Idiot - hat trotz einer schweren angeborenen Gehbehinderung vor allem als Kurier zum Widerstand innerhalb der SNCF, der französischen Eisenbahngesellschaft, beigetragen. Im Vergleich mit den oft erfundenen Taten vieler im Nachhinein selbst ernannter Helden ist das konkret und war lebensgefährlich. Trotzdem hat er sich nie als *Résistant* betrachtet, allein schon deshalb, weil er nicht bewaffnet war.

2004 interviewte Mike Thomson, Journalist der BBC News, meinen Vater und war von seinem Archiv beeindruckt, insbesondere von den Fotos und Dokumenten, die die Präsenz indischer, auf Seiten der Nazis stehender Truppen in der Charente zeigten. Auf der Webseite zur Reihe „Hitler's secret Indian army" erschien zu dieser *Story* ein Foto meines Vaters mit der Legende „ehemaliger Widerstandskämpfer". Als er es entdeckte, rief er aus: *„Das habe ich ihm nie gesagt!"*

Das stimmt. Ich weiß Bescheid, ich war (wieder einmal) als Dolmetscher beim Interview tätig gewesen.

Wie mein Vater für *seinen Krieg*, fand ich mich nun als Zeuge einer historischen Zeit wieder, denn sie war vorbei, konfrontiert mit der angeblich objektiven Interpretation einer Person, die die Ereignisse nicht erlebt, sondern studiert hatte.

Ich wäre jetzt nicht überrascht, wenn ich mein Foto irgendwo mit der Überschrift: *„Veteran, Held der alliierten Streitkräfte"* oder wahlweise *„französischer Bastard"* entdecken würde. Bei der Gelegenheit hätte ich gern eins der vielen Schnappschüsse, die bei meinen Besuchen in Ost-Berlin von der Gegenseite gemacht wurden!

Irgendwo im Süden, Ost-Berlin, Sommer 1990

Danksagung

Laut Günter Grass, einem der führenden nationalen Experten auf diesem Gebiet jenseits des Rheins, „... *muss ein guter Satz ... Atem haben und laut gelesen werden.*" Das erklärt, warum der Autor des Blechtrommel-Romans, der sowohl für seine Werke als auch für öffentliche Lesungen dieser berühmt ist, in seinem Haus in Lübeck schrieb, an einem Rednerpult stehend, jeden Satz laut aussprach und diesen modifizierte, bis er ihm perfekt erschien.

Als bescheidener Amateur habe ich nicht die Zeit für diese sicherlich lohnende Übung. Deshalb bitte ich Verwandte und Freunde Korrektur zu lesen.

Für diese deutsche Übersetzung gilt mein *Merci vielmals!* Noch mal Sabine alias Katrin, sowie Bianca & Helmut, Matthias und ... Herrn Duden.

Christian Diedrich bin ich sehr dankbar, dass er mir seine Aufnahmen vom Deutsch-Amerikanischen Volksfest aus dem Jahr 1979 zur Verfügung gestellt hat. Aus unerfindlichen Gründen habe ich selbst kein einziges Foto im Amerikanischen Sektor gemacht.

Für ihren herzlichen Empfang in Berlin möchte ich auch Gerhard und der verstorbenen Ursula, meinen Schwiegereltern, danken.

Abschließend spreche ich der S-Bahn in Berlin, in der ich praktisch das ganze Buch geschrieben habe und dem Verteidigungsministerium in Paris, dem ich dieses jugendliche Abenteuer mit nachhaltigen Folgen verdanke, meinen aufrichtigsten Dank aus.

Blick nach Osten vom Französischen Dom in Richtung Palast der Republik, Ost-Berlin, Sommer 1990

JP Bouzac, gekühlter Veteran

... geboren in Cognac, im Département der Charente, neuerdings Teil der Region Nouvelle-Aquitaine, lebt seit vielen Jahren zwischen dem Barnim in Brandenburg, Berlin, der Charente und irgendwo auf dem (noch) blauen Planeten.

Studium der Natur- und Geisteswissenschaften in Poitiers, Indien, Aachen und Berlin. Lernt jeden Tag etwas dazu, meistens in der Berliner S-Bahn, wenn diese nicht gerade kaputt ist.

(Teils unfreiwillige) Erfahrungen als Weinpflücker, Reisender, Kartonagenarbeiter, (Ober-)Lehrer für Mathe und sonstiges, Besatzungssoldat, Importeur von Cognac & *Pineau des Charentes*, Berater für Innovation & nachhaltige Entwicklung, (Groß-)Onkel, Freund der Natur und Kultur, wenn die Zeit dafür reicht auch gerne Fotograf, Zeichner, Maler.

Doppelter Preisträger (als authentischer Südwest-Franzose: JP Bouzac mit der französischsprachigen Geschichte „*Lenzferien '78*" und als gefälschte West-Berlinerin: Katrin Pineaudèch mit der deutschsprachigen Erzählung „*Ein komischer Berliner Bär*") des Wettbewerbs „*40 deutsch-französische Geschichten*", der vom Deutsch-Französischen Jugendwerk anlässlich des hundertjährigen Bestehens des Elysée-Vertrags (2005) ins Leben gerufen wurde.

Veröffentlichungen von JP Bouzac

Bücher in deutscher Sprache

- ***Böhmische Silberhochzeit***, Willkommen im Land von Vaclav Havel und der Liwanzen!, BoD, 2018

- ***Les trente petits - Die dreißig Kleinen***, Bilder von kleinen afrikanischen Tieren mit kurzen Texten in Deutsch und Französisch, fonduja, BoD, 2018

- ***Rendez-vous mit Polską, Polnische Erfahrungen eines Deutsch-Franzosen***, eine Art Liebeserklärung an Polen, fonduja, 2014, Neuauflage mit Bildern für 2021 geplant

- ***20 Jahre in Preußen***, Kurzgeschichten, zweisprachig plus eine Story auf Polnisch, Rhombos Verlag, 2007

*Beitrag zum Sammelband „**40 deutsch-französische Geschichten**", Deutsch-Französisches Jugendwerk, 2006, Wettbewerb zum 40. Jubiläum des Elysée-Vertrages*

- ***Lenzferien '78*** *(Französisch, als JP Bouzac)*

- ***Ein komischer Berliner Bär*** *(Deutsch, als Katrin Pineaudèch)*

Beiträge zu Büchern von Henry Spietweh

Störung im Betriebsablauf - Geschichten vom Reisen, Unterwegssein und Ankommen, Lulu, 2012

- ***Twin beds, Der Unfall, No man's land***, drei interkulturelle Geschichten

Die Wechselstellung unter Kollegen: Neue Geschichten vom Reisen, Unterwegssein und Ankommen, BoD, 2018

- ***Doccia globale***, eine gastronomische Geschichte

Buch von Dang Lanh Hoang: Illustrationen und französische Übersetzung

- ***Mauerfälle, Geschichten eines vietnamesischen Berliner***, *BoD, 2021*

Unter den Linden, Ost-Berlin, Sommer 1990

Kommentare zur französischen Ausgabe

„Diese Erzählung ist eine angenehme Überraschung. Dies ist ein seltenes, aber sehr bewegendes Zeugnis über das Leben eines Wehrpflichtigen des Kontingents, der gegen seinen Willen in den 1980er-Jahren in Berlin bei den anwesenden französischen Streitkräften diente. In Form von Chroniken geschrieben, folgen wir Tag für Tag den Abenteuern dieses Jungen in Berlin während des Kalten Krieges. Wir erleben seine Integration in das 11. Jägerregiment, das Kennenlernen seiner zukünftigen Frau und insbesondere diese faszinierende Stadt Berlin. Nachdem ich einige Jahre später denselben Weg gegangen war, hat mich dieses Buch sehr berührt. Dort fand ich viele Erinnerungen und Orte, die mir vertraut waren."* (Doublepage, Babélio)

„Ein Nordfranzose, der einen Charentais gerne las: Da ich auch als Rekrut in Berlin gedient habe, fand ich viele Situationen, die ich selbst erlebt habe. Gut geschrieben, liest sich sehr leicht."* (Dominique bei Amazon)

„Mein Kalter Krieg ist eine dieser Autobiografien, die nicht nur ihren Autor, sondern auch eine ganze Ära enthüllen. Interessant ist es schon deshalb, weil die beschriebene Zeit vergangen und beinahe vergessen ist. Es gibt jedoch wenige Zeugnisse dieser Art. Das macht dieses Buch so wertvoll. Der Titel des Buches gibt sofort den Ton an, ein Soldat in Berlin in den 1980er-Jahren. Mitten im Kalten Krieg und unter der Flagge der französischen Streitkräfte (...) wirft der Autor einen distanzierten und humorvollen Blick auf das Leben der Bidasses (Rekruten), die Lächerlichkeit des Militärlebens (...).

Die Soldaten versuchen, die Umstände zu nutzen, um ein Land und seine Bewohner zu entdecken, treffen die deutsche Jugend, weil diese Generation weit entfernt vom schrecklichen Konflikt und den Gräueltaten der früheren Generationen ist. Ohne dass wir es merken, hat sich die Welt bereits verändert, und es ist dieser entstehende Bruch, der durch den humorvollen Text von JP Bouzac durchscheint. Eine Lücke im angeblich unpassierbaren Eisernen Vorhang. Ein seltener Zeugenbericht, der hilft, um von innen heraus besser zu verstehen, was sich zwischen den beiden Blöcken abspielte."* (Liseron, Babélio)

Interview zum 30. Mauerfall von Deborah Berlioz, 30 ans de la chute du mur de Berlin – Retour à l'Est, Accents d'Europe, Radio France Internationale; sowie: Sur les traces du mur, dokdoc.eu, deutsch-französischer Dialog, 2019